KB003750

요해단충록 1

遼海丹忠錄 卷一

《型世言》의 저자 陸人龍이 지은 時事小說, 청나라의 禁書

요해단충록 1

遼海丹忠錄 卷一

육인룡 원저 · 신해진 역주

머리말

이 책은 《형세언(型世言)》의 저자로 알려진 육인룡(陸人龍)이 지은 시사소설(時事小說) 〈요해단충록(遼海丹忠錄)〉을 처음으로 역주한 것이다. 청(淸)나라 건륭제(乾隆帝) 때 나온 〈금서총목(禁書總目)〉에 오른 작품으로서 8권 40회 백화소설이다. 중국과 한국에는 전하지 않고 일본 내각문고에 전하는 것을 1989년 중국 묘장(苗壯) 교수가 발굴하여 교점본을 발간함으로써 학계에 알려졌는바, 그가 소개한 글의 일부를 인용한다.

> 〈요해단충록〉은 정식 명칭으로 〈신전출상통속연의요해단충록(新鐫出像通俗演義遼海丹忠錄)〉이고 8권 40회이다. 표제에는 '평원 고분생 희필(平原孤憤生戲筆)'과 '철애 열장인 우평(鐵崖熱腸人偶評)'이라고 기록되어 있다. 첫머리에 있는 서문에는 '숭정 연간의 단오절에 취오각 주인이 쓰다.'라고 쓰여 있다. 오늘날까지 명나라 숭정 연간의 취오각 간본은 남아있다. 이 책의 작자인 고분생에 관하여 '열장인'과 관련된 동일인임이 명확한데, 곧 육운룡(陸雲龍)의 동생이다. 청나라 견륭 연간에 귀안 요씨가 간행한 《금서총목(禁書總目)》에 〈요해단충록〉이 수록되어 있는데, 육운룡의 작품이라고 덧붙여 놓았다. 운룡은 취오각의 주인으로 자는 우후(雨侯)이고 명나라 말기의 절강성 전당 사람인데, 일찍이 〈위충현소설척간서(魏忠賢小說斥奸書)〉라는 소설을 지었다. 그렇지만 그 책의 서문에 '이는 내 동생의 〈단충록〉에서 말미암은 기록이다.'고 분명하게 말한 것은 작자가 운룡이 아니고 그의 동생임을 나타내지만, 이름은 자세히 밝히지 않았다. 그가 지은 소설 작품들을 통해 보건대, 그의 동생은 나라의 정치에 관심이 있어서 때때로 '자기

혼자서 세상에 대해 분개하는' '뜨거운 가슴을 지닌 사람'이라 하겠다. 책에는 간행한 년월 날짜가 없지만, 서문 말미에 기록된 '숭정 연간 단오절'은 혹시 경오(숭정 3년, 1630)의 잘못일 수도 있고, 아니면 경오년 단오일 수도 있다. 책의 서사가 원숭환이 체포되는 것에서 그쳤는데 그 사건은 3년 3월에 있었던 것이나, 원숭환이 그해 8월에 피살된 것은 언급하지 않고 있으므로 숭정 15년의 임오(1642)일 리가 없기 때문이다.(描壯, 「前言」, 《遼海丹忠錄》 上, 『古本小說集成』 72, 上海古籍出版社, 1990, 1면.)

위의 글은 〈요해단충록〉의 서지상태를 비롯해 작자 및 창작연대를 알려주고 있다. 곧 육인룡이 1630년에 지은 것임을 알 수 있다.

이 소설은 1589년부터 1630년 봄에 이르기까지 후금(後金)의 흥기(興起)를 다루면서 사르후 전투, 광녕(廣寧)의 함락, 영원(寧遠)과 금주(錦州)의 전투 등 중대한 전쟁을 서술하여 당시 요동의 명나라 군인과 백성들이 피투성이 된 채로 후금군과 분전하는 장면을 재현했을 뿐만 아니라 명나라 말기 군정(軍政)의 부패, 명청 교체기의 변화무쌍한 세태를 반영하였다. 무엇보다도 가장 중요하게 다룬 것은 모문룡(毛文龍)의 일생이다. 모문룡은 나라가 위태로운 난리를 당했을 때 황명을 받들고 후금에게 함락되어 잃은 땅을 수복하고자 하였다. 해상을 경영하여 후금의 군대를 공격해 견제할 수 있는 중요한 무력의 발판을 마련했지만, 나중에 원숭환(袁崇煥)에게 유인되어 피살되었다. 이러한 모문룡의 공과에 대해서 명나라 말기부터 시비가 일어 결말이 나지 않고 분분하였는데, 그의 오명을 벗기기 위해 이 소설이 지어졌다고 한다.

한편, 양승민은 그 실상이 알려지지 않은 이 소설을 소개하고자 쓴 글(「〈요해단충록〉을 통해 본 명청교체기의 중국과 조선」, 『고전과 해석』 2, 고

전문학한문학연구학회, 2007)에서 모문룡의 조선 피도(皮島: 椵島) 주둔 당시 정황, 모문룡과 후금의 대결 국면, 조선과 후금의 관계, 모문룡 및 명나라 조정과 조선의 관계, 인조반정으로 대표되는 조선국 정세, 정묘호란 당시의 정황 등이 대거 서술되어 있어 한국의 연구자들이 논의할 필요가 있는 작품이라고 지적한 바 있다. 물론 이 소설은 기본적으로 주인공 모문룡을 미화하고 영웅화하면서 그의 공적을 찬양하여 억울한 죽음을 변호하고자 하는 작가의식을 보여준 것으로, 영웅을 죽인 부패한 명나라 조정을 비판하면서도 강한 반청의식을 드러낸 작품이라는 전제하에 지적한 것이다.

그렇지만 〈요해단충록〉은 8권 40회라는 대작인데다 백화문과 고문이 뒤섞여 있는 등 쉬 접근하기가 어렵다. 후금과 관련된 인명, 지명, 칭호 등이 음차(音借)되어 있어 더욱 그러하다. 그래서인지 몰라도 소개한 지가 10여 년이 지났지만 이 소설에 대하여 아직까지 제대로 된 논문이 나오지 않고 있는 실정이다. 이에 정밀한 주석을 붙이면서 정확한 번역을 한 역주서가 필요한 것임을 절감한다.

이제, 8권 가운데 그 첫째 권을 상재하는바 나름대로 최선을 다하고자 했지만, 여전히 부족할 터이라 대방가의 질정을 청한다. 다만, 〈요해단충록〉에 대한 정치한 작품론이 치열하게 전개되는 데 이바지하기를 바랄 뿐이다.

끝으로 편집을 맡아 수고해 주신 보고사 가족들의 노고와 따뜻한 마음에 심심한 고마움을 표한다.

2018년 12월 빛고을 용봉골에서
무등산을 바라보며 신해진

차례

遼海丹忠錄 卷一

일러두기

이 책은 다음과 같은 요령으로 엮었다.

1. 번역은 직역을 원칙으로 하되, 가급적 원전의 뜻을 해치지 않는 범위 내에서 호흡을 간결하게 하고, 더러는 의역을 통해 자연스럽게 풀고자 했다.
2. 원문은 저본을 충실히 옮기는 것을 위주로 하였으나, 활자로 옮길 수 없는 古體字는 今體字로 바꾸었다.
3. 원문표기는 띄어쓰기를 하고 句讀를 달되, 그 구두에는 쉼표(,), 마침표 (.), 느낌표(!), 의문표(?), 홑따옴표(' '), 겹따옴표(" "), 가운데점(·) 등을 사용했다.
4. 주석은 원문에 번호를 붙이고 하단에 각주함을 원칙으로 했다. 독자들이 사전을 찾지 않고도 읽을 수 있도록 비교적 상세한 註를 달았다. 단, 원저자의 주석은 번역문에 '협주'라고 명기하여 구별하도록 하였다.
5. 주석 작업을 하면서 많은 문헌과 자료들을 참고하였으나 지면관계상 일일이 밝히지 않음을 양해바라며, 관계된 기관과 여러분들께 진심으로 감사드린다.
6. 이 책에 사용한 주요 부호는 다음과 같다.
   1) ( ) : 同音同義 한자를 표기함.
   2) [ ] : 異音同義, 出典, 교정 등을 표기함.
   3) " " : 직접적인 대화를 나타냄.
   4) ' ' : 간단한 인용이나 재인용, 강조나 간접화법을 나타냄.
   5) 〈 〉 : 편명, 작품명, 누락 부분의 보충 등을 나타냄.
   6) 「 」 : 시, 제문, 서간, 관문, 논문명 등을 나타냄.
   7) 《 》 : 문집, 작품집 등을 나타냄.
   8) 『 』 : 단행본, 논문집 등을 나타냄.

역문

요해단충록 1

遼海丹忠錄 卷一

第1회

반적 오랑캐를 참수한 누르하치가 외람되이 벼슬받자, 급히 비어와 여러 현자들이 그의 계략을 깨려하다.

斬叛夷奴酋濫爵, 急備禦群賢伐謀.

천고의 아주 먼 옛적부터 임금과 신하의 의리는 아무리 위급하고 위태로운 상황에서도 버려서는 안 되는 것이다. 열혈남아가 모름지기 부르짖어 가슴속에 가득한 충의를 흩뿌릴지언정 시체가 말가죽에 싸이는 것을 누군들 피하랴. 땔나무 쌓아올린들 무엇을 꺼려 미리 옮길 것을 꾀하여 다짐했던 서약을 버리고 곧바로 몸을 일으키는가. 나라에 허락한 이 몸은 지하에서 한바탕 웃을 뿐 두려울 바가 없다는 것을 그대가 어찌 알리오. 충신은 복을 빌지 않고 군왕은 감계로 삼으니, 일이 아무리 번거롭더라도 사신은 기록한다오. 남아는 스스로 사내대장부의 뜻을 마칠 뿐이니, 이러한 내 마음에 부끄러운 바가 없도다.

예전부터 지금까지도 오륜은 그 첫째가 군신유의(君臣有義)이다. 이 군신유의는 관원이 되어 녹을 받는 것을 말하는 것이 아니라, 무릇 왕의 땅에서 나는 것을 먹고 사는 사람으로서 또한 그를 군왕으로 추대하여 군왕으로 삼았으니, 우리가 바로 그의 신하가 되는 것이다. 하물며 높은 벼슬과 많은 녹을 받으면서 군왕의 즐거움을 즐거워하는 자로서 어찌 군왕의 근심을 근심하지 않을 수 있으며, 군왕의 녹을 먹으면서 어찌 군왕의 일에 충실하지 않을 수 있으랴. 다만, 세상이 어지러워야 겨우 충신을 알진대 그 충신은 또 몇 등급이 있는지 알기가 쉽지 않으나, 일등급의 충신이 있다면 그는 오로지 한 마음으로 나라를 위한다. 식견과 역량 또한 높아서 남들이 태평시대로 보는 것을 그는 홀로 시대에 숨은 재앙이 있음을 알아차리고는, 남들이 그를 어리석고 망령되다며 비웃을지라도 그는 도리어 남들이 감히 열지 못하는 입을 열고 남들이 능히 밝히지 못한 재앙을 밝히니, 이것이 바로 일에 앞서 하는 충성이다. 일등급의 충신이 있다면 그는 오직 힘껏 위태한 나라를 붙잡아 세우는데, 담력과 지혜 또한 커서 남들이 모두 살고자 갖가지 핑계를 대며 미루는 위태한 시국을 그는 혼자서 스스로 만회할 수 있다고 여기고는, 남들이 그를 바보스럽고 어리숙하다며 비웃을지라도 그는 도리어 남들이 감히 하지 못하는 일을 하고 남들이 능히 구하지 못하는 위태한 나라를 구하니, 이것이 바로 일이 있은 뒤에 하는 충성이다. 이는 여전히 충성의 유익한 사람이다. 일등의 충신은 시세가 큰일을 하기에 어려운 때를 맞으면, 구차스럽게 목숨을 부지하여 일개 악명을 천년 동안 길이 남기고 일개 실낱같은 목숨을 부탁하여 도망쳐서 아침저녁으로 근근이 부지하느니, 차라리 기백 드높게 관군과 함께 나라의 존망을 지키기 위해 칼로 머리를 찌르고 목을 매거나 하여 강토 안에서 죽든지, 화살을 무릅쓰고 적진으로 돌격하여 뼈가 싸움터에서 가루되도록 목숨을 걸고 있는 힘을 다하든지 할 것이다. 비록 이 세상에서 몸으로는 나라를 구제할 수 없었지만, 그의 마음만은 하늘에 물어볼 만하리라. 게다가 일등의 충신은 도리어 자신의 충심이 의심을 받고 시기를 받으면 보잘것없는 충심일망정 철석처럼 더욱 굳세어지니 재앙을 만나 정처 없이 이리저리 떠돌거나 말거나 마음대로 전혀 바꾸지 않았고, 한 점의 심정일망정 열기처럼 더욱 후끈후끈 달아오르니 몸에 칼날이 꽂히거나 목이 잘려도 마음대로 전혀 군왕을 잊지 않았지만, 보잘것없는 충심도 드러나지 않고 전공

(戰功)도 거의 다 이루지 못하여 한 때는 시비에 어두워져 함부로 말해졌을 터이나 재앙이 끝난 뒤에는 끝내 그의 충성이 드러나리니, 이는 또 충성이 변하여 충성이 진기하게 여겨진 것이다. 이와 같은 충신들은 과거 어느 시대에나 모두 있었고, 바로 우리 명나라에 들어서도 그러한 사람이 적지 않았다. 다시 명나라 사직을 거치는 동안 고무하고 진작시켜 충신들이 계속해 나오도록 새삼 깨우쳤어야 했던 것이야말로 반적의 우두머리 누르하치[奴兒哈赤: 奴酋로 약칭]가 반란을 일으켰을 때이었다.

저 누르하치는 원래 몽골에 의해 멸망한 금(金)나라의 자손으로서 대대로 요동 변방 밖의 건주(建州) 지방에 살았다. 건주 지방은 장백산(長白山)을 등지고 서쪽으로 압록강(鴨綠江)과 인접한 곳으로 사람들은 타고난 성질이 모두 교활하며 강포하고 사나웠다. 누르하치가 나라를 세운 초기에는 명나라에 귀순하여 순종해왔는지라, 일찍이 누르하치를 오랑캐 추장으로 봉하여 도독(都督)으로 삼았으며, 그의 나머지 부하들은 각기 지휘사(指揮使)·천호(千戶)·백호(百戶) 등의 관직을 주었다. 누르하치의 먼 조상은 동(佟)씨이고 또한 지휘사 직함을 세습하였다. 그 뒤로 성화 연간(1465~1487)에 건주삼위 도독 동산(董山)이 난을 일으키고 만력 연간(1573~1620)에 건주우부 도독 왕고(王杲)가 난을 일으켰을 때, 명나라가 모두 군대를 일으켜 무찔러 죽였다. 왕고를 무찌를 때에는 누르하치의 할아버지 규장(叫場)과 아버지 탑실(塔失)도 모두 귀순해 명나라 관군이 되어서 이전부터 지키고 있었지만, 이 싸움에서 불타 죽거나 적군으로 오인되어 죽고 말았다. 이때 누르하치와 그의 친동생 슈르하치(速兒哈赤)가 모두 나이 어려서 부하들을 능히 맡아 다스릴 수가 없자, 요동 총병(遼東總兵) 이성량(李成梁)은 그들의 할아버지와 아버지가 명나라를 위한 전쟁에서 죽은 것을 가엾게 여겨 형제를 모두 거두어 자신의 집에 두고 가정(家丁: 친위 정예부대의 사병)에 채워 넣어 보살펴주니 그들도 은혜를 알았다. 하지만 저 누르하치는 재주가 있고 총명해 한족(漢族) 중국어를 습득하여 중국의 허실을 알게 되었으며, 널리 경서와 역사서를 읽고 병서에도 정진하여 군사상의 계략이 남보다 뛰어났으며, 활쏘기와 말타기에도 완전히 숙달하여 후일에 총병 이성량의 힘을 입어 개중에 건주의 지휘를 습격하였다. 그리하여 벼슬이름[官銜]을 가지게 되어 곧 사람들을 마음대로 부릴 수 있게 되자, 그는 곧바로 옛 시절의 부하들을 온화한 말로 위무하여 부르려는데 따르지 않는 자는 군대를 보내어 토벌하니, 해서 여진(海西女眞)의 일대가 점차로 그를 두려워하며 복종하였다.

만력 17년(1589)에 이르러 목찰하(木札河)의 오랑캐 극오십(克五十)이 명나라의 시하보(柴河堡) 지방을 쳐들어와 소와 말을 노략질하고 군민을 마구 죽이며 무너뜨렸는데, 시하보를 지키던 지휘사 유부(劉斧)가 군사들을 독려하여 추격하도록 하면서 극오십이 구렁 속에 숨어 있다가 뛰쳐나오리라고는 주의하지 않았으니, 극오십이 쏜 화살 한 대에 지휘사 유부가 맞아 죽자 추격하던 군사들이 놀라서 흩어졌다. 그 뒤에 누르하치 오랑캐와 명나라의 군이 합세하여 그를 토벌하여 제거했는데, 극오십이 죽기를 각오하고 용맹스럽게 싸우니 명나라 관군이 감히 나아가 대적하지 못하던 차, 다행스럽게도 누르하치 부자의 군대가 와서는 보고 비웃으며 말했다.

"저 몇몇 보잘것없는 달자(韃子: 몽골) 놈들을 아직도 대적하지 못하고 우리가 오기를 기다리신 것이오."

그리고 이끌어 온 많은 병사들을 머물러 있게 하고는 말에 올라 채찍질하며 출전해 일각의 짧은 시간도 되지 않아서 극오십의 목을 베었고, 그의 부하들도 아울러 사로잡아 전리품으로 바쳤다.

반적을 참수함에 미미한 공 드러나니 斬叛著微勞
굶주린 매는 잠시 매어 있을 뿐이로다. 饑鷹暫就絛
가을바람을 등에 업은 듯하니 西風若相借
온 하늘이 높음을 어찌 꺼리랴. 肯憚九天高

총병이 그의 공적을 아뢰자, 조정은 그에게 벼슬을 더해 도독을 삼았다. 이 무렵에 요동의 변방에서 달자(韃子: 몽골)들이 왕태(王台: 해서여진 합달부의 추장)의 차남인 남관(南關: 합달부)의 맹골패라(猛骨孛羅: 蒙格布祿) 및 북관(北關: 예허부)의 김태길(金台吉: 해서여진 예허부의 패륵)을 저지시켰는데, 이들도 도독이었다. 누르하치의 힘은 지금의 양관(兩關: 광순관과 진북관)지역 일대까지 미쳤으며 관직도 이미 너무 커진 데다 그에게 모린위(毛憐衛)와 건주위(建州衛)를 각각 엄중하게 단속하도록 허락되었는지라, 그는 권세를 믿고 각 부족(部族)을 기만하고 억압하였다. 그리고 누르하치가 극오십을 죽일 때 명나라 관군의 취약함을 엿보고 다시 중국 명나라를 경시하는 마음이 생겼기 때문에 산(山: 장백산)을 차지하고 노채(老寨: 허투알라)를 지었으니, 그 산은 사방이 가팔라서 사람들이 공격할 수가 없었다. 노채는 모두 높은 산과 험준한 고개에 있었고 왼쪽에는 동고채(董古寨) 하나를 세우고 오른쪽에는 신하채(新河寨)를 세우고 전면에는 염왕채(閻王寨)·우모채(牛毛寨)·감고리채(甘孤里寨)·고분채(古墳寨)·판교채(板橋寨)·유목채(柳木寨) 등 6채(寨)를 늘여 쌓은 데다 현지에서 나는 담비 모피[貂鼠皮]와 인삼을 가지고 명나라 외방 오랑캐들의 금은과 식량을 서로 거래해 대단히 부유해지니, 병사의 훈련도 잘 시키고 군량도 넉넉할 수 있었다. 근래에 그의 부하 오랑캐가 된 장해(張海)와 올라(兀喇) 같은 자는 모두 이미 그에게 병탄되었던 것이며, 더 멀리는 그의 성채(城寨)에서 생산된 벌꿀을 그가 거두어 와 밀가루로 반죽하여 휴대용 마른 양식으로 만들고 기일에 앞서서 저 8명의 아들들과 하인을 물리친 뒤 서로 의논하였다. 그리고 각기 부대의 일부 인마(一支人馬)를 거느리고서 누구는 선봉(先鋒)이 되고 누구는 후대(後隊)가 되고 누구는 정병(正兵)이 되고 누구는 기병(奇兵)이 되어 흡사 바람이 휘몰아치고 우레가 치는 듯했으니, 사람들이 미처 알아차리지 못하다가는 일찌감치 이미 그들에 의해 살해되었을 것이다. 다만 그들이 비록 잔인하게 죽이는 부류라 하더라도 아직 대강(大江: 양자강)을 건너지 않았다.

만력 29년(1601)에 이르러 누르하치는 남북 양관(兩關)이 서로 다투는 것을 기회로 삼아 마침내 북관이 남관의 도독 맹골패라(猛骨孛羅)를 사로잡는데 돕기로 마음먹고 이미 개원(開原)의 변방 땅에 곧장 와 있었다. 그 후로 또 누르하치가 맹골패라는 죽이고 단지 맹골패라의 두 아들을 살려둔 것은 명나라 조정이 황제의 말씀[宣諭]이라면서 누르하치를 책망하며 마음대로 죽이라고 하자, 누르하치가 마지못하여 하는 수 없이 한 것이지만 여전히 맹골패라의 둘째아들 혁고(革庫)가 남관을 관할하도록 하였고 맹골패라의 첫째아들 오아홀답(吾兒忽答)을 사위로 삼아 불러들여 자신의 영채(營寨)에 머물러 있게 하였다. 누르하치가 사는 곳은 산이 험준함으로 인하여 땅을 개간하여 농사를 지을 수 없었다. 그러나 남관(南關) 지방은 땅이 기름져서 농작물을 재배할 수 있었기 때문에 오아홀답을 잘 돌보는 체하면서 그의 땅을 점유한 것이다. 만력 38년(1610)에 이르자, 누르하치는 마침내 아들 망골대(莽骨大: 莽古爾泰)로 하여금 남관의 요새를 수리하여 정안보(靖安堡)를 마음대로 드나들 수 있도록 하고, 서로(西虜)인 재새(宰賽: 몽골 칼카 수령)와 난토(煖兔: 몽골 코르친)를 연합하도록 하여 개원(開原)과 심양(瀋陽)을 엿보았다. 이때 마침 웅정필(熊廷弼)이 요동(遼東)을 순안(巡按)하고 있었는데, 누르하치가 간교하고 강성하며 횡포하여 훗날 필시 변방의 근심거리가 될 것을 알고서 글을 올려 '북관(北關)을 위무하여 명나라 개원(開原)의 보호막으로 삼고 재새와 난토를 복종시켜 누르하치를 돕지 못하게 해야 한다.'라고 하였다.

만력 40년(1612), 누르하치의 동생 슈르하치(速兒哈赤)는 충직하고 양순한 사람으로, 여러 차례 누르하치에게 명나라를 배신하지 말 것을 권하면서 멸족과 멸망의 화를 자초하는 것이라고 하였다. 슈르하치가 화나게 하자, 누르하치는 어느 날 슈르하치의 영채(營寨)에서 술을 마실 것을 청하고 자신의 심복 달자(韃子) 합도(哈都)를 불러 그의 머리 뒤통수를 철퇴로 쳐 죽이게 하였다. 이때 그 주변에 누르하치의 아들들인 홍타이지(洪太時)와 다이샨(貴永哥)이 주위에 살고 있었는데, 금과 비단을 몰수하고 자녀들을 한꺼번에 사로잡았으며 슈르하치의 부하 달자들을 모두 거두어 자신의 부하로 편입시켰다. 누르하치의 장남 홍파토아야(洪巴兎兒也: 褚英의 칭호)가 누누이 누르하치에게 충성을 다할 것을 권하며 중국을 침범하지 말라고 하자, 누르하치는 또한 그를 잡아와 영채 안에 가두었다.

만력 41년(1613), 누르하치가 또 사위 어피(魚皮: 於斗)와 몽골 추장 복태길(卜台吉: 부잔타이, 布占泰)을 꾀하여 해치려 하자, 복태길이 말했다.

"형세가 고립되어 대항할 수 없다."

그리고는 부하들을 이끌고 도주하여 북관(北關: 해서여진의 예허부) 도독(都督) 김태길(金台吉)의 부락에 이르렀다. 정녕 저 누르하치가 북관을 도모하려는 뜻이 있었기 때문에, 이를 빌미로 명분을 삼아 군대를 일으켜 북관과의 원한으로 이들을 살해했을지도 모를 일이었다. 마침내 어느 날, 아들들로 하여금 제각기 길을 달리해 군대를 이끌고 북관 지역을 노략질하게 하여 김태길의 요새 19좌(座)를 불태워 버렸다. 이때 총독(總督)이었던 설 상서(薛尙書: 설삼재)의 아들이 말했다.

"지난날에 남관(南關: 해서여진의 합달부)을 구하지 않아 맹골패라(猛骨孛羅)가 건주의 누르하치에게 살해당한 것은 너무나 잘못된 계책이었다. 그러므로 지금 만약 북관을 구하지 않아 누르하치의 영지가 되고 만다면 첫째로는 개원(開原)의 장벽을 잃을 것이고, 둘째로는 북관의 백성들이 평소에 지녔던 명나라로 귀화하려는 마음이 달아날 것이며, 셋째로는 누르하치가 제멋대로 날뛰는 발호의 기세가 길어질 것이다."

그리고 병력 4천 명을 늘려 개원(開原)의 각 보(堡)에 주둔해서 북관을 지원하고 누르하치를 제어해야 한다고 건의하였다. 또 어사(御史) 적봉우(翟鳳羽)는 요동을 순안(巡按)하였는데, 그가 자세히 살폈던 일의 형세를 말했다.

"현재의 판국은 북관(北關)을 급히 지원해 개원(開原)을 견고히 해야 한다."

그리고 글을 올려, 「군사를 늘려 청하(淸河)와 무순(撫順)에 주둔토록 하여 누르하치의 소굴과 서로 접근함으로써 누르하치를 아주 가까이에 두고 견제해서 그가 함부로 경거망동하지 못하게 해야 한다.」고 아뢰었다. 개원 참의(開原參議) 설국용(薛國用)도 말했다.

"양관(兩關)은 땅이 지극히 기름져 작물이 잘되나, 건주(建州)는 산이 많아서 그다지 경작할 수 있는 것이 없다. 만일 누르하치가 원래 점령했던 남관(南關) 관할의 삼차(三岔) · 무안(撫安) · 시하(柴河) · 정안(靖安) · 백가위(白家衛) · 송자(松子) 등 6개의 보(堡)로 되돌아가지 않는다면, 누르하치가 비록 강대하다 할지라도 어쩔 수 없이 청하(淸河)와 무순(撫順)에서 식량을 구해야 한다. 이는 곧 우리가 누르하치의 생사를 제어할 수 있는 것이니, 누르하치가 무슨 연유로 감히 허황되게 개원

(開原)을 생각이나 할 수 있겠는가.”

그 당시 순무사(巡撫使)들은 여전히 누르하치의 마음을 어길까 두려워하여 하려하지 않았는데, 이것이 바로 참의 설국용이 무안(撫安)은 철령(鐵嶺)의 요충지로 결코 놓쳐서는 안 된다는 것을 항의한 것이다. 어사 적봉우가 청하(淸河)를 순안(巡按)한 것을 인하여 경계비를 세웠다. 또 순무(巡撫)와 순안(巡按)의 회의에서 무순(撫順)의 수비(守備)를 유격(遊擊)으로 바꾸고, 청하(淸河)의 유격(遊擊)과 각각 병사 1천 명씩 거느리게 한 뒤, 만약 누르하치가 군대를 출동시켜 북관(北關)을 공격하면 곧 요양(遼陽)에서 회동해 군대를 출동시켜 곧바로 누르하치의 소굴을 쳐부수기로 하였다. 이것은 비록 아주 사소하여 북관을 다스리는 일이 아닐 수 있으나 도리어 북관을 보전할 수 있는 좋은 방법이었다. 명나라 조정은 작전 배치를 이미 정해놓았는데, 과연 저 누르하치는 개원(開原)을 엿보려 했지만 북관의 장막을 변경에서 감당할 수 없어 그곳을 건너뛰고 침범하면 선두와 후미에서 협공당할까 두려워하였으며, 먼저 북관을 제거하기를 기대했으나 또한 일시에 함락하지 못할 경우 청하(淸河)와 무순(撫順)의 군대가 나중에 자신의 소굴 안으로 들어가면 이는 곧 선두와 후미가 근거지를 잃는 것이라 할 수 없이 공손하고 온순한 체하였다. 누르하치의 부하 오랑캐 타이(朵爾)족이 변경에 들어와 노략질을 하니, 누르하치는 모두 목을 베어 와서 바치며 우리 명나라가 그를 경계하는 마음이 태만하고 느슨해지기를 바랐다. 누르하치의 속마음이야 어찌 일찍이 하루라도 명나라를 잊었을 것이고 북관을 잊었을 것이랴, 다만 때를 살펴 그에 맞게 행동할 수 있기를 바랄 뿐이었을 것이니, 바로 이러하였다.

쳐놓은 그물에 걸린 사나운 새 우선 날개를 접었고　網張鷙鳥姑垂翅
촘촘한 울타리에 갇힌 승냥이와 이리 또한 위세 꺾였네.　檻密豺狼且斂威

오랑캐로 오랑캐를 치는 전략은 예전에도 사용한 적이 있었다. 살피건대, 당(唐)나라가 회흘(回紇: 위구르)로 안녹산(安祿山)과 사사명(史思明)을 공격하도록 했으나 결국에는 또한 회흘의 화를 입었으며, 요(遼)나라가 아골타(阿骨打)로 아속(阿速)을 공격하도록 했으나 결국에는 아골타가 도리어 침입하려는 마음을 품게 하고 말았다. 또한 우리가 써야 할 것은 진실로 석주사(石砫司: 秦良玉 지칭)가 충절을 바친 데에 있고, 우리가 쓰지 않아야 할 것은 또한 수인(水藺: 安邦彦과 奢崇明 지칭)이 몰래 재앙을 일으킨 것에 있다. 그런데도 광녕성(廣寧城)을 서로(西虜: 몽골)에게 맡기는 것은 끝내 또한 그림의 떡으로 굶주린 배를 채우는 격이니 역시 장구한 계책이 아니다. 나라를 도모하는 자는 사람에게 맡기되 사람을 믿지 말아야 한다.

아궁이 근처의 땔나무를 미리 다른 곳으로 옮겨놓으려는 계책을 지닌 사람이 대체로 또한 많지만, 결국 이마를 데고 마는 참화가 있게 되면 변경을 지키는 이들에게 원망이 없을 수 없을 것이다.

제2회

누르하치가 계책을 써서 무순을 습격하자, 장승윤의 군대가 청하에서 무너지다.

哈赤計襲撫順, 承胤師覆清河.

최상의 방책은 적의 생각이나 의도를 봉쇄하는 것이고, 중간의 방책은 요충지를 만들어 첩첩 관문(關門)을 험하게 하는 것이다. 높은 곳에 의지해 멀리 바라봄에 봉화와 망대가 서로 맞닿아 있다면 믿기 어렵다고 하겠는가. 괴이하게도 장막 속에서 원대한 계략을 소홀하였고, 군인이 많은데도 채수(債帥: 빚을 내서 된 장수)가 먼저 흩어져 달아나 버렸다. 대수롭지 않게 생각하는 사이에 옛 강산을 그대로 두어 굳센 보루조차 없다.
아! 붉은 연지 바른 여인들이 오랑캐 기병을 따라 황금이며 비단을 한스럽게 보면서 오랑캐 땅으로 들어갔다. 더구나 전쟁터로 나간 남편의 흘린 피가 백사장에 아직 마르지도 않았다. 깊은 규방에서 눈물은 원망스런 비 오듯 떨어지고, 넋은 머나먼 길을 헤매니 부질없이 병 되고 말았다. 방숙(方叔)과 소호(召虎) 같은 그 당시의 어진 신하를 또한 어떻게 해야 할지 생각하나 그 같은 신하는 찾을 수가 없다.
이상의 곡조는 <만강홍(滿江紅)>이다.

나라가 변방을 지키기 위한 계획을 세우려면 매우 주밀하고 상세해야 하는데, 요동(遼東) 같은 곳은 요하(遼河)의 동쪽에서 압록강(鴨綠江)에 이르기까지 요새가 되고 청하(清河)와 무순(撫順)은 요해처가 되니, 성을 쌓아 군사를 주둔시키고 각기 보(堡)를 지어 연결시키면 봉화가 서로 이어지게 된다. 또한 요양(遼陽)의 북쪽에는 개원(開原) · 철령(鐵

嶺)·심양(瀋陽) 3개의 진(鎭)을 건립하고, 요양의 동쪽에는 관전(寬奠) 1개의 진을 건립하면, 바닷가에 있는 금주(金州)·복주(復州)·해주(海州)·개주(蓋州) 4개의 위(衛)는 서로 밀접하여 팔과 손가락이 서로 응하듯 하니, 어찌 요새가 없다고 하랴. 각 보(堡)마다 군사를 두어 수비(守備)가 거느리게 하고, 그 나머지 요해처는 강력한 군대[重兵]를 주둔시켜 참장(參將)이나 유격(遊擊)이 거느리게 하고는, 수도(守道: 한 지역을 책임진 지방관, 左右參政과 參議)와 순도(巡道: 여러 지역을 순회하는 지방관, 副使와 僉事)가 감독하고 총진(總鎭: 本鎭)이 있는 곳을 순무(巡撫)나 총병(總兵)이 맡아 제어하면, 사람이 없다고 말하기 어려울 것이다. 다만 태평의 세월이 오래되자 각 보(堡)마다 속한 병사가 절반은 장령(將領)들이 몰래 차지하였으며, 설령 몇 명이 있다 한들 싸우는 것이 무엇인지 지키는 것이 무엇인지도 알지 못했고, 자신의 주위에 있는 병장기들은 무딘 창이거나 녹슨 칼이 아닌 것이 없었고, 몇몇의 적들이 오는 것을 보고서도 한 개의 보문(堡門)을 닫아걸고 하나의 봉화를 피우고 하나의 신호 깃발을 세웠으니, 옛날 이야깃거리로나 적당할 것이다. 그들은 원래 싸우는 것도 형편없고 지키는 것도 형편없었다. 싸움을 할 수 있는 자는 유격병이거나 표병(標兵: 친위병)에 불과한데, 그 가운데 또한 사병을 두었다. 그래서 원래부터 군사의 수가 충분치 않았고 때에 맞추어 항상 조련한다는 것도 또한 단지 명목상뿐이었다. 그들은 설령 몇몇 보잘것없는 달적(韃賊)들이 변경에 들어오면 그래도 결국에는 달적들을 꾸짖어 물러가게 하였는데, 마지막엔 총 몇 발을 쏘며 내쫓아내기는 내쫓아 사태를 마무리했을지라도 전쟁을 치른 경험이 있는 것도 아니고 비열한 놈들이었다. 이들이 믿는 사람들은 변경의 문제에 관심을 두는 몇몇의 문무관(文武官)으로 정과 체면에 구애되지 않았고, 사병의 부담에서 벗어나게 하여 군사의 수를 허위로 조작하지 않게 하였고, 노약자들을 추려서 군사들로 하여금 날쌔고 사나운 자가 많게 하였다. 또 때때로 그들의 무예를 견주어 살피고 그들의 병장기를 눈으로 검사하면서 그들의 기상을 고무시켰으며, 또 그들이 떠나지 못하고 세금 징수 당하는 것을 어루만져주기에 다하여 은혜로써 관계를 맺은 후에는 죄가 있으면 반드시 형벌을 주는 데에 위엄스런 견책을 가하였다. 이러한데도 농작물 심기에 토지 조건이 유리하니 사람들과 화목하게 지면서 변방을 지킬 수 있었다. 어쩔 수 없이 무관들은 늘 문관의 제재를 받아야 했지만 군졸들을 괴롭혀서라도 순무사(巡撫使)·순안사(巡按使)·사도(司道)의 비위를 맞추어야만 했는데, 이들 순무사와 순안사는 풍요로운 생활을 누려서인지 각박하게 단속하여야 하는 문제를 기꺼이 하지 않으면서도 변경 지역 관원의 근무성적에 대해 1년에 1번씩 하는 평가에서 단지 승진하기를 바라며 하루하루를 보내니 어찌 진실한 마음으로 일을 맡겠는가. 이것이 바로 한번 변고가 생기면 곧 수습할 수 없는 지경에 이르는 까닭이다.

당시 요동은 이러한 몇 사람이 지방에 관심을 둔 순무사와 순안사로서 거쳐 갔고 현임 순무사는 이유한(李維翰)이며, 총병(總兵: 廣寧總兵)은 장승윤(張承胤: 張承蔭이라고도 함)으로 1년여 기간 동안을 쉬어서 움직임을 볼 수 없었으니 또한 이곳을 마음에 두지 않았던 것이다. 이때가 바로 만력 46년(1618) 4월이었는데, 이전부터 해오던 대로 무상(撫賞: 여진에 대한 명나라의 사례)을 실시하자 뜻밖에 누르하치가 계책을 꾸몄으니, 15일에 이르러 먼저 도착한 약간의 부하 오랑캐들을 거느리고 무상에 나오면서 자신이 데려온 인마(人馬)를 몰래 뒤따르도록 하였다. 이날 무순(撫順)을 지킨 유격(遊擊)은 이씨(李氏)로 이름은 영방(永芳)이었는데, 그는 전해오던 관례에 따라 약간의 종자(從者)들을 데리고서 성 밖을 나가 무상(撫賞)을 실시하려 했다. 그가 바야흐로 막

앉으려는데 얼핏 한바탕 함성이 이는 것이 들리더니, 바싹 뒤쫓아 온 달자(韃子)들이 일찌감치 이 유격(李遊擊)을 묶어서 쓰러뜨렸다.

어지러이 널린 금은 비단 오랑캐에게 맡기고　紛紛金繒委氈裘
헤아리건대 오랑캐와 화친하고도 승산이 있으랴.　自擬和戎有勝籌
전갈 같은 흉도들 하루아침 어느새 홍하였으니　蜂蠆一朝興暗裡
또한 응당 수레에 잡혀가는 근심 면치 못하리라.　也應未免檻車愁

그의 곁에서 무순성(撫順城) 내의 몇몇 장정들이 급히 구하려 할 때에, 또한 등 돌려 배신한 몇몇 달자들이 칼을 뽑아 난도질을 하니, 죄다 놀라서 흩어졌다. 성안에서 이 소식을 듣고 곧 물 끓듯이 의견이 분분하였으나, 우두머리 장수가 없어 책임지고 결정할 사람이 없었으니 갈팡질팡 허둥대느라 성문을 닫고서 방어하자고 하는 이가 없었다. 갑자기 성문 밖에 먼지가 일어나 하늘을 가리는 곳을 보니, 이미 한 무리의 인마(人馬)가 쇄도해와 곧장 유격(遊擊)의 관아로 달려가서는 동서남북 네 개의 문에 사람들을 배치해 지키게 하고서 백성들의 출입을 금하였다. 알고 보니 바로 누르하치였고 성안의 관청(官廳)에 앉아 있었다.

여러 달자(韃子)들이 이영방(李永芳)에게 잘못을 추궁하려 했지만, 이영방은 이때 이미 허겁지겁 투항하였고, 누르하치의 곁에 서 있는 한 관원을 보고 기뻐하였다. 그의 성은 동씨(佟氏)로 이름은 양성(養性)인데, 원래 누르하치와 같은 종족 여진인(女眞人)으로 명나라에 투항해 와 요양(遼陽)에 있는 총진(總鎭) 표하군(標下軍: 친위군)의 일개 파총(把總)이 되었다가 누르하치와 함께 정세를 정탐한 뒤에 장 도원(張都院: 장승윤)이 그 사실을 알고 처단하려 하자, 그는 곧장 도망하여 누르하치의 요새로 들어가서 일개 군사(軍師)가 된 자로서 앞으로 나아와 말했다.

"이 장군(李將軍: 이영방), 지금 같은 시절에도 무관을 얕잡아보고 문관을 중시하여 무관으로서 군졸을 수탈한다는 죄명을 떠맡아야 했으며, 발탁되어 오면 총진(總鎭)을 지키면서 명절 따라 생일 선물을 보내야만 했고 또한 토죄(討罪)가 있을까 천거되어도 그 천거를 사양해야 했으니 그런 곳에서 처자식을 청하여 기를 수 있었을 것이며, 만약 선물이 조금이라도 부족하면 곧장 업신여겨 욕보이려는 마음을 품으니 그 노기를 정말 받고 싶지 않았을 것이오. 더군다나 그대는 땅을 잃어버리고서 남조(南朝: 명나라)로 돌아가려 생각해도 할 수가 없는지라 배반하는 것만 못하니 함께 부귀를 누립시다."

누르하치가 또 말했다.

"네가 만약 기꺼이 투항한다면 나는 끝내 중용하겠다."

이영방은 생각하고 생각하였다.

'지난 며칠 동안 군정(軍政)이 해이하고 문란해졌으니 설사 임기응변적 대응을 제대로 못했더라도 죽이지는 않을 것이다. 다만 벼슬주머니[宦囊: 벼슬살이를 통해 재물을 긁어모아 채우는 주머니]가 이미 누르하치에 의해 날아 가버린 격인지라 뇌물을 주거나 연줄을 타고 벼슬을 구할 수가 없으니, 끝내는 문지기에서 벗어날 수 없으리라. 이는 투항하는 것만 못하니, 장차 얼른 뜻을 얻어야겠다.'

즉시 큰 소리로 말했다.

"만일 죽이지 않으신다면 진심으로 투항하겠소."

누르하치가 크게 기뻐하고 곧 지시를 내리며 말했다.

"이 장군의 처자식은 살해해서는 안 되고, 그의 관아에 있는 행낭(行囊)도 약탈해서는 안 된다."

그러나 이영방의 처 조씨(趙氏)는 남편이 오랑캐에게 붙잡혔다는 소식을 듣고 몽골군이 성에 들어오기도 전에 이미 스스로 목숨을 끊었다. 누르하치가 그 사실을 알고서 말했다.

“괴로워하지 마라, 내가 네 부인의 목숨을 보상하겠다.”

그는 바로 한 계집아이를 이영방에게 시집보내려 하면서 즉시 성 안에 있던 그의 동료 동양성(佟養性)을 부르더니 얼굴이 고운지 따지지 말고 계집아이를 골라오라 하였고, 아울러 장정과 백성들의 황금과 비단, 소와 양, 말 몇 마리 및 창고에 저장되어 있는 돈과 군량, 군화기(軍火器) 등 병장기들을 일제히 거두어서 수레에 싣도록 하니 끊임없이 사람을 시켜서 호송하여 노채(老寨: 허투알라)에 도착하자 짐을 풀었다.

이쪽의 돈대(墩臺) 위에는 봉화가 일제히 오르고 당보수(塘報手: 적의 동태를 살펴 알리는 깃발을 조작하던 사람)가 알리는 급보가 요양성(遼陽城)에 날아들어 왔다. 장승윤 총병은 급보를 듣고 몹시 놀라서 혼이 나가 어찌할 바를 모르다가 황망히 순무사 이유한을 보러 찾아왔다. 북을 쳐서 찾아온 것을 알리고도 한참 지나서야 순무사 이유한이 문을 열고 나와 서로 만났는데, 그는 이미 겁에 질려 얼굴에 핏기가 없다가 한나절 만에 한 마디 말을 할 수 있었다.

“당보수(塘報手)가 알려온 급보에 금성탕지(金城湯池: 방비가 견고한 성)를 잃고 장관(長官)이 붙잡혔다고 하니, 한 사람이 임기응변적 대응을 제대로 못했다는 죄명으로는 가리거나 덮어지지 않을 것으로 생각되네. 오직 시급히 군대를 일으켜서 추격해 그들을 죽여 약간의 머리를 얻거나 노략질해간 남자와 여자, 소와 양, 몇 마리의 말 등을 앗아오거나 해야만 그런대로 죄과를 씻을 수 있을 것이네.”

장승윤 총병도 말했다.

“다만 우리가 여기의 군대를 보낸다 해도 누르하치가 이미 멀리 갔

을까 걱정됩니다."

이유한 순무사가 말했다.

"지방관을 맡을 자가 없어 달자(韃子)들이 마음대로 드나든다는 것을 들었으니 꼭 뒤쫓아 가야만 하오. 뒤쫓아 가서 잡을 수 없다면 일찌감치 군사를 증강하고 군량을 증액토록 청하여 가서 그를 무찔러야만 하오. 일은 의당 지체되어서는 안 되니, 즉시 군사를 일으켜야만 하오."

그리고는 이 병사들이 싸울 수 있는지와 싸울 수 없는지는 아랑곳하지 않았다. 이에 장승윤 총병은 '예예'하고 물러나와 황망히 전령(傳令)을 보내어 표하군(標下軍: 친위부대)에게 마른 양식[乾糧]을 갖추고 병장기를 수리하도록 분부하였다. 이유한 순무사는 또 하달문서로 정병영(正兵營)의 부총병(副總兵) 파정상(頗廷相)과 기병영(奇兵營)의 유격(遊擊) 양여귀(梁汝貴)를 불러들이니, 각기 본부의 인마(人馬)를 이끌고 장승윤 총병의 부하들과 함께 모였는데 모두 3만여 명으로 당일에 정벌하러 떠났다.

상하가 모두 몹시 황당해 하고 출동한 군사들도 상당히 차이가 나서 병사가 노인이거나 어린이인지 또는 본인이거나 대리인인지, 병장기가 있거나 없는지 또는 날카롭거나 무딘지를 전혀 마음에 두지 않았으며, 3문의 대포를 내버려두고 허둥지둥 서둘러 성을 나갔다. 양여귀 유격은 선봉(先鋒)이 되고, 파정상 부총병은 후군(後軍)이 되고, 장승윤 총병 자신은 중군(中軍)을 거느렸다. 이들 부하 파총(把總)과 초관(哨官)의 병사들은 모두 빌었으니, 달자(韃子)들과 맞닥뜨리지 않기를 바라서 그들이 먼저 가면 응당 그저 뒤쫓는다는 명목만 있으면 되는 것이었고, 또는 하늘이 불쌍히 여기어 그들이 남겨둔 몹시 못생기고 늙은 여자들, 따라갈 수 없는 노약자들, 흩어져 잃어버렸던 가축들을 수습할 수 있거나, 요행히도 약탈하는데 눈이 멀어 부대에서 처져 뒤떨어진 보잘것없는 달자(韃子)를 잡아와서 죽여 전공(戰功)이라도 세울 만하면 되는 것이었다. 잠시도 쉬지 않고 이틀 동안 길을 재촉하니, 병사들의 마음이 점점 게을러져 대열이 점차로 어지러이 흐트러졌다. 20일 무순(撫順)에 막 도착하려는데, 누르하치는 이미 성안의 모든 것을 가져가버렸고 또 그의 부하 병사들을 이틀 동안 쉬게 하였다가 빈 성만 내버려두고 도착하기 전에 가버렸다. 기마초병(騎馬哨兵)이 이를 보고 황망히 와서 보고하였다. 군사들은 달자(韃子)들이 가버렸다고 보고하는 것을 듣고서 모두 기뻐하는 마음이 절로 생겼지만, 장승윤 총병은 말했다.

"이틀 동안 왔지만 성(城)도 잃고 죽은 달자(韃子)도 한 명도 얻지 못했으나, 그들의 머리 벤 공을 세운 자에게 상을 줄 것이다. 어떻게 그냥 돌아갈 수 있겠느냐?"

마침 이유한 순무사도 홍기관(紅旗官)을 불러 재촉하며 말했다.

"장령(將領)들이 움츠려 물러나기만 하고 추격하지 않는다면 곧 머리를 벨 것이니 명령을 전하라."

장승윤 총병이 그 말을 듣고는 다시 뒤쫓도록 명령을 전했다. 군사들은 이틀 동안이나 달려왔는지라 막 쉬려고 하던 차, 뜻밖에 총병이 독촉하니 단지 앞으로 갈 수밖에 없었다.

또 하루가 지나자, 기마초병(騎馬哨兵)이 보고하였다.

"저 멀리 산자락에 홍백색의 표창(標槍) 수십 자루가 있으며, 달병(韃兵: 몽골병) 수만 명이 진을 치고 머물러 있습니다."

이에 장승윤 총병은 명령을 내려 각 군(各軍)으로 하여금 화기(火器)를 준비하여 앞으로 나아가 마구 죽이도록 하였다. 이 군사들은 그저 전례에 따라 한번 따라잡을 것으로만 생각했으니, 거기에 무슨 교전

할 마음이 있었을 것인가. 군사들은 이 명령을 듣고서 깜짝 놀랐다. 그런데 또 먼지가 어지러이 일어나더니, 기마초병이 와서 말했다.

"달병(韃兵: 몽골병)이 휘하의 군사들을 돌려서 오고 있습니다."

장승윤 총병이 화기(火器)를 관리하는 장수에게 화기를 빨리 쏘라고 명령하자, 많은 군인들이 아닌 게 아니라 먼지가 일어나는 것을 보고서 핑핑 팡팡 쾅쾅 나조취(那鳥嘴: 조총), 불랑기(佛狼機: 대포), 양양포(襄陽砲: 투석기)를 어지러이 한바탕 쏘아대느라 손이 쉴 틈이 없었다. 정말 괴이하게도 쏠 때는 달병(韃兵)의 도주마(兜住馬)가 공격해 오지 않다가 모두 텅 비도록 마지막 한 방까지 다 쏘고서 한창 화약(火藥)과 연탄(鉛彈)을 장착할 때를 기다린 뒤 달병(韃兵)의 인마(人馬)들이 비바람이 몰아치듯 했다. 양여귀 유격이 그것을 보자마자 병사들을 이끌고서 맨 먼저 찔러죽이며 한 곳을 돌진하였고, 장승윤 총병과 파정상 부총병도 병사들을 이끌고서 있는 힘을 다하여 협공하였다. 오랑캐는 편히 싸우고 명나라는 수고로이 싸우니 어찌하랴만, 명나라 군사들은 죽기를 각오하는 마음이 없으나 오랑캐들은 그래도 싸워본 군사들이어서 바로 치열하게 싸우고 있을 때 갑자기 두 갈래에서 새로 정예 달병(韃兵)이 더 투입되어 옆에서 덮쳐와 단번에 명나라 장수와 병사들을 에워싸 포위해 버리자, 화살이 흡사 빗방울처럼 쏟아졌다.

총병의 부하인 영병지휘사(領兵指揮使) 백운룡(白雲龍)은 원래 본부의 병사를 거느려 뒤에 있으면서 천천히 형편을 살피다가 앞쪽에서 승리하면 곧 그 기세를 틈타 뒤쫓아 가 죽이려 하였고, 승리하지 못하면 물러나 피하려 하였다. 이번에 달병(韃兵)이 휘감아 오자, 그는 군대를 끌고 일단 물러섰다가 일찌감치 포위망 밖으로 탈출하였다. 천총(千總) 진대도(陳大道)도 오랑캐 군사들이 맹렬한 기세로 용맹스럽게 오는 것을 보고 조금이라도 지체하다가 위험에서 벗어나기 어려울까 두려워하여 포위된 틈을 타고 합세하지 않았다. 단지 포위망 부근에서 두 사람은 총병을 돌아보지도 않고 쏜살같이 먼저 달아났다. 이쪽의 장승윤 총병은 병마(兵馬)들이 도망가기도 하고 죽기도 한 것을 보고서 더 이상 지탱할 수 없으리라는 것을 추측하고 고함치며 말했다.

"장차 도망쳐 빠져나간 자들을 죽일 것이다!"

그러자 양여귀 유격이 곧장 적진으로 돌격하여 들어갔고, 두 총병(장승윤 총병, 파정상 부총병)도 그 뒤를 따랐다. 가정(家丁: 친위 정예부대의 사병)들도 빼곡히 둘러싸서 정말 온 힘을 다하여 오랑캐를 죽였다. 그러나 이들 달자(韃子)들이 말을 탄 채로 그저 어지러이 에워싸고 막쳐들어오니 어찌하랴, 설령 한두 명의 달자(韃子)나 한두 필의 말을 베어 쓰러트릴지언정 그들은 뒤편에서 곧바로 에워싸고 또 나와 물러나지 않았다. 저 3명의 재임 장관(在任將官)과 3만의 병사들도 용맹을 떨치며 돌격하면서 한 걸음이라도 물러서거나 길 하나라도 양보할 생각을 전혀 하지 않았다. 양여귀 유격은 오랑캐를 죽이려는 분노가 일어나 큰소리로 죽이자고 외치며, 몸에 화살 5대를 맞고도 전혀 개의치 않았으나 뜻밖에 화살 하나가 다시 목구멍에 꽂히니 몸이 뒤집혀 말에서 떨어져 죽었다. 파정상 부총병도 중상을 입고 말에서 떨어졌는데, 말에 짓밟혀서 몸이 짓이겨졌다. 장승윤 총병은 포위망을 뚫고자 있는 힘을 아끼지 않고 다해 돌격했으나 또한 누르하치 병사의 칼에 죽임을 당하였다.

풀은 영웅들의 피로 물들고	草染英雄血
먼지는 장사들의 몸을 덮었네.	塵埋壯士身
촌사람은 부러진 창을 거두고	野人收斷戟
과부는 출정한 남편 보고 눈물짓네.	嫠婦泣征人

그 나머지 장수와 병사들은 도주한 자는 살고 싸운 자는 죽었다. 단지 한 군대에서 3명의 대장(大將), 110명의 편비(偏裨: 副將), 3만의 군사와 아울러 3만 명의 식량과 병장기, 투구와 갑옷, 말 등 모두 누르하치에게 잃고 말았다. 인근에 살던 백성들이 도망하여 개원(開原)·철령(鐵嶺)·심양(沈陽: 옛날 奉天) 등으로 들어가지 않는 자가 없었다. 보(堡)를 지키던 장수와 병사들은 모두 상황을 몰라 두렵고 당혹하여 자신의 안전을 지키지 못하였다.

요컨대, 근래에 변장(邊將: 변방을 지키는 장수)들이 모두 처마 밑에 살다가 안락한 생활에 젖어 위험이 닥쳐오는 줄도 몰랐던 제비와 참새 격으로 평소에 지켜야함에도 지키지 않았으니 오랑캐들이 불시에 습격하게 된 까닭이었고, 전쟁터에 이르러서도 제대로 싸우지 않았으니 자연히 패망에 이르렀던 것이다. 그리하여 끝내 교활한 오랑캐로 하여금 제멋대로 위세를 부릴 수 있게 하고 무순성(撫順城)의 비축물자를 얻었을 뿐만이 아니라 이번 전쟁에서 군수물자까지 얻고는 기쁨에 겨워 건주(建州)로 회군하였다. 그러니 군대를 잃고 국위를 실추시킨 죄야 이루 다 말할 수가 없었다.

방책을 운용함에 장대한 지략이 없었으니	運籌無壯略
한차례 전투에서 결국 시체만 싣고 오네.	一戰竟輿屍
탄식노라, 백성들의 피땀 어린 재산이	嘆息民膏血
고스란히 대도의 자산이 되고 말았네.	全爲大盜資

누르하치는 무순(撫順)을 습격하기로 계획하면서 은밀히 꾸민 계략이 너무 심오하여, 명나라가 미처 생각할 사이도 없이 급박하게 군대가 추격하도록 하였고 마침내는 스스로 피폐하게 하였다. 홍기관에게 일러 싸움을 재촉한 것에 이르러서는 군대를 패하게 하는 계책이 되었

으니, 나라를 지키는 장수가 군사들을 빈손으로 돌아오도록 내버려두고 오랑캐를 배불리 가도록 했단 말인가. 아마 이여정(李如楨: 이성량의 3남)이 개원(開原)과 철령(鐵嶺)을 가만히 앉아서 보고만 있었던 것처럼 하다가는 또한 죄 받는 것을 감당치 못할 것이다.

전쟁에는 싸우려는 기세가 있어야 애오라지 죄를 면할 수 있지, 그 기세가 먼저 꺾이고서야 어찌 패하지 않을 수 있으랴.

제3회

장패가 오랑캐의 투항 권유를 거부하고 목숨을 바치자, 오랑캐 토벌을 의논하여 양호의 군대가 출정하다.

拒招降張旆死事, 議剿賊楊鎬出師.

아득히 먼 곳의 봉화가 삼한을 비추니 | 迢迢烽火映三韓
변방의 과부들은 눈물이 마르지 않네. | 野戍孤嫠泣未乾
막부에서 누가 깃털부채로 지휘했나 | 幕府阿誰揮羽扇
웅관을 한갓 흙덩이로 막을 생각하였네. | 雄關空想塞泥丸
전쟁의 북소리가 다하자 장군은 죽었고 | 聲殘鼙鼓將軍死
말에 미인을 싣고 반역 오랑캐 기뻐하네. | 馬載紅粧逆虜歡
서글퍼라 변방엔 얼마나 한탄이 많았던가 | 惆悵邊隅幾多恨
쓸쓸해라 짧은 머리털이 찬바람에 춤추네. | 蕭蕭短髮舞風寒

아, 나라에 죽음으로 섬기는 신하가 있다면 나라를 위해 바른 기풍을 일으켜 세울 수 있을 터인데, 오늘 장수 한 명이 죽으면 벌써 한바탕 대패한 것이고 다음날 장관(長官) 한 명이 죽으면 벌써 성 하나를 잃은 것이나, 나라의 원기(元氣)가 이미 손상되면 나랏일을 그르친다는 것을 알지 못했다. 인재의 등용에 관해서는 결국 어떤 사람이 나랏일을 감당할 수 있는지 헤아려야 하며, 그래야 그에게 권한을 부여할 수 있다. 그렇지 않으면 억지로 아무나 찾아내어 와서 나랏일에 대한 책임을 그에게 맡기면 이 사람 또한 자기의 분수도 모르고 맡으니, 일시적으로야 호도하고 지나갈 수 있지만 백성의 생활을 어찌할 것이며 나랏일도 어찌할 것인가.

요동(遼東)은 장승윤(張承胤)이 패하고 죽은 이후로부터 이유한(李惟翰) 순무사가 취임하여 한편으로는 제본(題本: 황제에게 올리는 문서)을 갖추어 알리면서 한편으로는 패문(牌文: 명령 통지문)을 내려 모든 요동 군대의 수비를 정돈하도록 하고 또 군대를 출동시켜 요해처를 협력하여 지키도록 하였다. 이때 북경의 정양문(正陽門) 밖은 강물이 피처럼 빨갛게 흐르니 도성의 안팎이 놀라고 원망하였다. 그리고 저 변방의 소식을 접하자마자 병부(兵部)는 잇달아 황망히 제본(題本)을 갖추어 말했다.

> 장승윤(張承胤)이 이미 죽었으니 시급히 다시 총병(總兵)을 추천해야 합니다. 전임 총병은 이여백(李如柏)이었는데, 그는 요동의 철령위(鐵嶺衛) 사람으로 요동의 실제 상황을 잘 알고 있습니다. 또 그의 부친 이성량(李成梁)은 전(前) 총병으로서 요동에 군대를 주둔시켜 지킨 진수(鎭守)였으며, 형 이여송(李如松)은 이미 총병으로 군대를 통솔하여 조선(朝鮮)에서 왜인을 평정하였고 귀주(貴州)에서 파주토관(播州土官) 양응룡(楊應龍)의 반란을 평정하였는지라 대대로 장수 집안이니, 그를 요동의 진수(鎭守)로 등용해야 합니다. 이유한(李維翰)이 실패하였으니 양호(楊鎬)를 다시 등용해야 하는데, 그는 일찍이 요동의 순무사를 지냈고 또한 일찍이 조선에서 경략을 지냈는지라 지금 그대로 경략에 올라 있습니다. 게다가 산해관(山海關)은 요충지이니 원래 총병을 맡았던 유림진(榆林鎭)의 노련한 장수[宿將] 두송(杜松)을 기용하여 그에게 군대를 산해관에 주둔하도록 해야 합니다. 여러 차례 총병으로서 공을 세워 조선(朝鮮)과 파주(播州)에서 대도(大刀)라 불린 유정(劉綎), 더욱이 시국주(柴國柱) 등 이러한 명장들이 있으니, 모두 북경으로 불러들여서 등용해야 합니다. 그러니 포상하는 격식을 세우시되, 누르하치를 죽이는 자는 그에게 천금(千金)을 주고 지휘(指揮)를 세습하게 하십시오.

장승윤(張承胤)에게 벼슬을 높이고 시호를 내린 뒤 사당을 세워 제사하도록 하고 정충(旌忠)이라는 이름을 하사하여 죽음으로 섬긴 신하를 보답하였다. 산 자로는 양호(楊鎬)와 이여백(李如柏)을 격려하고 명을 내려 바로 길을 떠나도록 하였다. 양호는 이미 5월 21일에 산해관으로 출동하였다.

봉화가 황도에 두루 가득하니 烽火遍宸京
재상 중신들이 원정길에 떠나네. 樞臣事遠征
누차 백우선으로 지휘하며 頻揮白羽扇
오랑캐를 토벌하라 다그치네. 刻日犬戎平

요양(遼陽)에 이르러 오로지 사방으로 징발하거나 조달하였으나 짧은 동안에 요동까지 도달할 수가 없었고, 요양 전체에서 2,3만의 군사와 말을 잃어 버려서 짧은 동안에 모집하여 보충할 수 없었다.

누르하치의 첩자들이 요동에 두루 퍼져 있었는데, 누르하치는 먼저 양호(楊鎬) 경략이 산해관을 나오지 않은 때를 이용해서 인마(人馬)를 세 갈래로 나누어 무안보(撫安堡), 삼차보(三岔堡), 백가충보(白家冲堡)로 가서 공격하였다. 이 3개의 작은 보(堡)가 누르하치의 큰 부대를 어떻게 저지할 수 있었으랴. 결국 모두 점거당하고 말았다. 7월에 이르러 누르하치가 경략이 비록 왔을지라도 병마(兵馬)가 아직 모이지 않는다는 것을 알고서 친히 정예병 수만 명을 거느리고 마침내 아골관(鴉鶻關)을 따라 진격해와 청하성(淸河城)을 공격하였다.

청하성은 요충지로서 원래 참장(參將) 추저현(鄒儲賢)이 지키고 있었는데, 양호(楊鎬) 경략은 누르하치가 반드시 공격하리라고 생각했기 때문에 또한 요동을 구원하고자 유격 장패(張旆)를 파견하여 군사를 이끌고 추저현과 함께 성을 지키게 하니, 모두 6천여 남짓 병사에 백성도 수만보다 적지 않았다. 이 두 장관(將官)도 정말 주의를 기울여 수비하여 누르하치 군대가 아골관에 들어왔다는 것을 듣고는 즉시 성 위에 통나무와 돌덩이를 배치하였다. 두 사람은 성을 나누어 죽음을 무릅쓰고 지키기로 하였다. 다만 22일 새벽에 보일 뿐이다.

북과 나팔 소리 하늘에 닿도록 진동하고	鼓角連天震
치솟은 깃발이 온 땅에 가득 휘날리네.	旌干匝地横
오랑캐 활이 달그림자를 헤치고 여니	胡弓開月影
수비병 아로새긴 창 서릿발처럼 빛나네.	畵戟映霜明

두 장관(將官)이 성 위에 올라 살펴보니, 누르하치가 탄 황표마(黃驃馬)의 전면에 비룡이 그려진 깃발을 세웠고, 누르하치의 두 아들 망골대(莽骨大)와 파복태(巴卜太: 巴布泰, Babutai)가 명나라를 반역한 장수 동양성(佟養性), 이영방(李永芳)과 함께 양쪽 옆에서 호위하며 채찍으로 오랑캐 병사들을 지휘하여 성을 포위하고 있었다. 장패 유격이 살피고 나서 얼굴에 불이 난 듯 추저현 참장에게 말했다.

"저 누르하치는 자신이 여러 차례 승리한 것만 지나치게 믿고서 보란 듯이 성 아래에 말을 세우고 삼군(三軍: 군대)을 지시하며 곁에 아무도 없는 것처럼 행동하고 있습니다. 내가 저놈들이 미처 생각지도 못한 때를 엿보는 것이 더 나을 터이니 정예병 5백 명을 거느리고 곧장 달려가서 누르하치를 잡거나 누르하치를 죽이기라도 하면 적군들은 우두머리 장수[主將]가 없어 절로 흩어질 것이며, 만일 누르하치를 잡을 수 없다면 또한 누르하치의 몇몇 수장[首將: 軍官]이라도 모름지기 베고 목숨을 바쳐 나라에 보답할 것입니다."

추저현 참장이 말했다.

"장군이 비록 뛰어나게 용맹스럽지만, 장승윤 총병은 3만의 군대로

도 누르하치의 손에 패하였으니 지금 장군이 5백 명의 정예병으로 싸우러 나가려 함은 양이 호랑이의 입에 던져진 것과 무엇이 다르겠는가! 금성탕지(金城湯池)를 굳게 지키며 구원병이 오기를 기다리는 것만 못하니, 그때 누르하치가 혹시라도 병력을 나누어 대적하면 우리들은 안팎 양쪽에서 바로 협공할 수가 있고 누르하치가 만약 물러가면 우리들은 바로 물러가는 군대를 습격할 수가 있는지라, 이것이야말로 어쩌면 안전한 계책일 것이네."

장패 유격이 말했다.

"성(城)이 조그마한데다 구원이 늦어져 만일 지킬 수가 없게 되면, 앉아서 죽기를 기다리느니 한번 목숨을 바쳐 싸우는 것만 못합니다."

추저현 참장이 말했다.

"끝내는 지키는 것이 안전하고 싸우는 것은 위험하니, 더욱 지키도록 하세."

두 사람은 곧 성(城)과 보(堡)를 나누어 지키면서 일제히 화살을 쏟아붓고 돌덩이를 내던져 떨어뜨리며 많은 달자(韃子)들을 때려죽였다. 그러나 수많은 달자(韃子)들이 머리 꼭대기 위에 판자문짝을 얹고는 쏟아지는 화살과 돌덩이를 막아내며 성 아래에서 삽으로 성을 뚫기 시작하자, 두 장관(將官)은 또 총포로 공격하였다. 인시(寅時: 오전 3~5시)부터 시작된 공격과 수비가 오시(午時: 낮 12시 전후)경에 이르기까지 계속되면서 성의 동북쪽 모퉁이가 점점 무너지자, 장패 유격이 몸소 큰칼을 들고 직접 그곳을 막았다. 그런데 달병을 이곳에서 보니 모두 싸우다 죽은 시체 하나씩을 모두 머리에 이고 성을 향해 바짝 다가왔지만, 성을 지키는 군사들은 되레 그들이 앞으로 오면서 다만 화살을 막을 것으로만 알았다. 그런데 그들이 성 주변을 향해 일제히 시체를 내던지리라고는 생각지 못하는 사이에 시체가 수북이 쌓여 끝내 성

(城)의 높이와 같게 되자, 한 무리의 용맹한 달병(韃兵: 몽골병)들이 시체위로 뛰어올라서 마침내 성으로 올라왔던 것이다. 장패 유격이 서둘러 온다는 소식을 듣고 큰칼을 빼들고 연달아 수십 명의 달적(韃賊)을 베었다. 달병(韃兵: 몽골병)들이 결사코 물러나지 아니하자 성을 지키던 군사들이 모두 성을 내던져두고 집일을 염려하며 도망치니, 적은 군사로 많은 적을 대적할 수 없어 도저히 어찌해 볼 수 없는지라 끝내 달병(韃兵: 몽골병)에게 살해되었다.

지혜와 담력 말처럼 컸나 하겠지만	知膽斗疑大
충성스런 마음 돌처럼 견고하였다네.	忠心石共堅
오히려 목숨 바쳐 싸우기를 생각하여	猶思爲厲鬼
나라 위해 전쟁의 불꽃 사라지게 했네.	爲國靖烽煙

추저현 참장이 성 위에서 방어하고 있을 때, 마침 이영방(李永芳)이 성 아래서 오랑캐 군을 이끌고 성을 공격하다가 머나먼 곳에서 말했다.

"추 장군, 굳이 죽을힘을 다해 힘들게 싸우지 말고 나를 본받아 영화를 함께 누리는 것이 더 나을 것이오."

추저현 참장이 바로 손짓하며 꾸짖어 말했다.

"제 나라를 배반한 역적 놈아, 조정이 네놈을 파견하여 성을 지키게 하였는데 지키지도 못하고 도리어 적에게 항복하였으니, 오늘 네놈을 갈기갈기 베지 못하는 것이 한스럽거늘 어찌 네놈의 나쁜 짓을 배우겠느냐?"

이에 이영방이 분노하여 군사들을 다그쳐 성을 공격하니 일찌감치 성의 동북쪽 모퉁이가 함락되었고 성안에 불이 일어났다. 추저현 참장은 곧 성을 나와 군사들을 이끌고 시가전을 벌였으나 대적하여 막을 수가 없게 되자, 추저현 참장이 말했다.

"도리어 제 나라를 배반한 역적 놈에게 사로잡히고 말겠구나."

그리고는 허리에 찼던 칼을 뽑아서 스스로 목을 찔러 죽었다.

힘들게 싸우니 들 구름 수심에 잠기나 苦戰野雲愁
오랑캐 무찌를 뜻은 그치지 않았어라. 呑胡志未休
어찌 충의를 지니고서 무릎을 꿇어 肯將忠義膝
가벼이 오랑캐에게 굴복하랴. 輕屈向氈裘

성안의 군사 6천여 명은 모두 싸우다 죽고 항복하지 않았다. 백성 1만여 명 가운데 건장한 사람은 저들에 의해 내몰려 종군 당하였고 늙거나 약한 사람은 모두 살해되었으며, 반반하게 생긴 여자들은 데려갔고 늙거나 못 생긴 사람은 또한 이끌려 와서 살해되었다. 삼차보(三岔堡)에서 고산보(孤山堡)에 이르기까지 보(堡)의 방어벽이 모두 다 허물어졌고 가옥들이 모두 다 불타버렸다. 누르하치의 오랑캐 군이 도착하지도 않은 애양(靉陽)과 관전(寬奠) 지방은 사람들이 소문만 듣고 도망쳐 뿔뿔이 흩어지느라 집을 떠나고 생업을 버리자 여자들은 통곡하고 아이들은 울부짖는데, 게다가 한 무리의 사악하고 교활한 패잔병들이 때를 틈타고 노략질을 하니 몹시 가련하였다. 애양에 주둔해 있던 참장(參將) 하세현(賀世賢)에게 이러한 소식이 이르자 듣고서 놀라 부하들을 거느리고 구원하러 오니 이미 멀리 떠나버린 뒤였다. 그래서 다만 패잔병들을 잡아가둔 후에 오랑캐 군을 추격하여 154명의 머리를 베었을 뿐이나, 명나라의 사망자나 부상자는 반대로 이루 헤아릴 수가 없었다.

이때 조정에서는 양호(楊鎬) 경략의 권한을 더 많이 주려고 그에게 상방검(尙方劍)을 특별히 하사해 그때그때 상황에 따라 목을 베는 형벌을 가할 수 있도록 하였다. 양호 경략은 앞서 장승윤(張承胤) 총병의 진영에서 도망쳤다가 이제 또 고산보(孤山堡)를 포기하고 지키지 않은 천총(千總) 진대도(陳大道)를 잡아들여 목을 베었다. 그리고 공문을 보내 각 진(鎭)에서 군사를 취해 요동(遼東)으로 가서 형편을 봐가며 진군하여 토벌할 것을 독촉하고 총병 이여백(李如柏)에게 심양(瀋陽)으로 가서 지키라고 분부하였다. 때마침 누르하치는 병사들을 거느리고 무순(撫順)에서 쳐들어와 심양을 칠 기회를 엿보다가 이여백 총병을 우연히 마주쳤는데, 이여백 총병이 통솔한 병사의 창칼에 찔려 선봉대 70여 명이 죽었다. 누르하치는 전세가 불리해지자 곧 뒤로 물러갔다. 여기에 요동을 지원하려는 병사로 선부(宣府)·대동(大同)·산서(山西) 세 곳에서 동원한 1만 명, 연수(延綏)·영하(寧夏)·감숙(甘肅)·고원(固原) 네 곳에서 동원한 6천 명, 절강(浙江)에서 동원한 4천 명, 천광(川廣)·산섬(山陝)·양직(兩直)에서는 각기 5천 명에서 7천 명을 동원하여 차이가 있었으며, 또한 영순(永順)·보정(保靖)·석주(石砫)에서 각기 토사(土司)들이 거느린 병사, 하동서(河東西: 동몽골과 서몽골)의 토병(土兵), 또 두송(杜松) 총병과 유정(劉綎) 총병이 각기 통솔한 휘하의 가정(家丁)과 의용병(義勇兵)을 합치면 총계 10만여 명 남짓하였는데, 모두 각기 산해관을 나가 요양 등지로 나뉘어 주둔하였다. 이때 군대의 위세가 크게 떨쳤는데, 다만 각처에서 온 군대가 산해관을 너무 많이 나갔기 때문에 군량과 말 먹일 풀이 날마다 소비되는 것에 부족하였다. 황제가 변방을 걱정해 내탕고(內帑庫)의 은(銀)을 푸니 모두 50만 냥이었고, 호부(戶部)도 공문을 보내어 추가로 징수하면서 아울러 은(銀) 납부 사례를 실시하기 위해 다방면으로 조치하고도 오히려 부족할까 염려하였다. 때문에 온 조정의 군신들 대부분은 군대를 오래 주둔시켜 재정이 부족할까 염려하여 곧 요동을 소탕하기로 의논하였다. 양호 경략만 하더라도 징집해온 병사들이 모두 천하의 정예병이고 통솔하는 자도 또한 백전노장(百戰老將)이라고 여겨졌으며, 북관(北關: 예허부)의 김태길(金台吉)은 이미 누르하치의 마을 하나를 소탕하고 군대를 출동시켜 전투를 돕고자 하였으며, 조선(朝鮮)도 의정부(議政府) 우참찬(右參贊) 강홍립(姜弘立)으로 하여금 1만여 군사를 이끌고 정벌에 따르게 하였으니, 오랑캐와 명나라가 합한 모든 힘으로 건주(建州)의 저 조그마한 땅덩어리를 평정하는 것이야 어찌 태산(泰山)이 새알을 누르는 듯한 형세가 아니랴. 더구나 되도록 빨리 결전하지 않고 군량을 날마다 소모하는 것은 그저 앉아서 죽는 길이었기 때문에 한데 모여서 한 겨울을 보내고 원래대로 대대적으로 토벌하려는 의사가 있었다.

정월에 이르자, 병부(兵部)는 날씨가 점차 따뜻해져 정벌하러 나갈 수 있을 것이라며 공로의 크고 작음에 따라 상을 주는 규정을 크게 반포해 장수와 군사들을 격려하는 성지(聖旨)를 청하였고, 양호 경략도 이여백(李如柏)·두송(杜松)·유정(劉挺: 劉綎)·마림(馬林) 등 4명의 대장(大將)과 회동하여 출정을 의논하였다. 마림이 말했다.

"황제의 군대가 당연히 만전을 기하여 출병하니, 모든 병사들을 합쳐 북을 치며 전진하여 죄인을 붙잡고 그들의 소굴을 소탕하여야 합니다."

양호 경략이 말했다.

"대군(大軍)이 나가고 나면 성(省)과 진(鎭)이 텅 빌 것이고, 더구나 병사들이 많으면 행군이 느려질 것이며 조금이라도 소홀하면 오랑캐의 정예부대가 우리의 요해처를 곧바로 공격하거나 아니면 일부 병력으로써 우리의 군량을 나르는 길을 막는 것은 모두 온당하지 않소. 따라서 병력을 나누어 몇 개의 방면으로 함께 진격하는 편이 낳을 것이오. 이렇게 되면 누르하치의 병력이 한계가 있어 스스로 지탱할 수 없을 것이오."

이때 유정 총병은 매번 전공을 세우고 있었는지라, 그는 단지 가볍게 무장하지 않은 소수의 병력으로 적의 허점을 찌르고자 하여 이러쿵저러쿵 논의하는 것을 기뻐하지 않았다. 두송 총병은 말했다.

"병사들이 행군하면 군량이 필요하고, 군대는 서로 화합함을 귀하게 여깁니다. 지금 군량은 아직 부족하고 군대는 모두 오합지졸이라 서로 마음에 맞지 않은 것이 많으니, 경략께서는 아직 모름지기 깊이 생각하십시오."

양호 경략이 말했다.

"바로 그렇소. 지금 군량을 날마다 소모하고 있으나 다행히 성상(聖上)께서 내탕고를 푸시고 호부가 조치하여 아직은 견딜 수 있지만, 만약 더 미루고 있으면 더욱 부족할 수 있을 것이오. 심지어 장령(將領)들 사이가 서로 마음에 맞지 않으니, 군대를 합치면 본부에서도 제군들이 서로 양보하지 않을 뜻을 가질까 염려할 것이오. 만약 병력을 몇 개의 방면으로 나눈다면 제군들은 각자 자신의 뜻대로 행할 수 있을 것이오. 더구나 황제의 명령이 엄하게 독촉하신 데다 내각까지 재촉하는 공문서를 내려 병부도 조만간 관리를 파견하여 싸우기를 독촉할 것이니 형세가 이미 그만둘 수 없는데, 본부가 우리들에게 머뭇거리며 주저한다는 죄를 내릴까 걱정이오."

이여백 총병이 말했다.

"우리 모두가 한마음으로 적을 죽이고 나라에 보답하면 그만입니다."

양호 경략이 곧 네 사람과 함께 의논하여 낸 계략은 이러하다.

> 두송 총병은 선부(宣府)·대동(大同)·산서(山西)·섬서(陝西)의 병마를 거느리고 무순관(撫順關)에서 변방으로 나가 누르하치의 서쪽 방면을 공격한다.

마림 총병은 진정(眞定)·보하(保河)·산동(山東)의 병마를 거느리고 북관(北關: 해서여진 예허부)의 오랑캐 군과 합쳐 정안보(靖安堡)에서 변방으로 나가 누르하치의 북쪽 방면을 공격한다.

이여백 총병은 동몽골·서몽골·경군(京軍: 중앙군)을 거느리고 아골관(鴉鶻關)에서 변방으로 나가 누르하치의 남쪽 방면을 공격한다.

유정 총병은 사천(四川)·광동(廣東)·절강(浙江)·복건(福建)의 병마를 거느리고 조선의 의병군과 합쳐 양마전(晾馬佃: 亮馬佃)에서 변방으로 나가 누르하치의 동쪽 방면을 공격한다.

각 장수들은 모두 기꺼이 명령을 따라서 21일에 다섯 방면으로 나뉘어 출정하기로 의논하여 결정하였다. 장수들은 각자 부하들에게 명령을 내려 군량과 말 먹일 풀을 제대로 갖추게 하고 각종 병장기를 일일이 점검하게 하여 출정에 대비하였다. 양호 경략은 먼저 도사(都司) 두영징(竇永澄)을 미리 북관(北關: 해서여진 예허부)에 가서 김태길(金台吉)과 백양골(白羊骨)을 회합하도록 약속하고 정안보(靖安堡)에서 마림 총병과 집결하도록 하였으며, 도사(都司) 교일기(喬一琦)를 미리 조선(朝鮮)에 가서 고려(高麗) 장군 강홍립(姜弘立)과 김경서(金景瑞)를 회합하도록 약속하고 양마전(晾馬佃: 亮馬佃)에서 유정 총병과 집결하도록 하였다.

11일, 양호 경략이 출정식에 나가려고 직접 대교장(大教場)에 나갔으니, 다만 보자면 이러하다.

번개 번쩍이는 것처럼 깃발이 펄럭였고, 서리 날리는 것처럼 창칼이 희디희었다. 비단 도포 입었으니 수놓은 비단 쌓여 비단 노을이 반쯤 맑은 하늘에서 내려앉은 듯하였고, 금빛 갑옷 입었으니 빛을 내어 아침 해가 푸른 하늘에 높이 솟은 듯하였다. 봄 우레처럼 쾅쾅 전쟁의 북소리 울리고, 밥

짓는 저녁연기처럼 끊임없이 병마의 먼지가 일어났다. 무쇠 같은 충정과 담력은 나라에 보답하려는 마음을 함께 품었고, 크고 긴 창으로 오랑캐를 집어삼키려는 기세를 일제히 품었다. 바로 이러하다.

깃발은 적색 백색 청색 황색으로 나뉘고	旗分赤白青黃色
군진의 대열 동쪽 서쪽 남쪽 북쪽 사람들이네.	陣列東西南北人
뛰어난 무용 범과 표범 기롱해도 그저 둘밖에	神武直教欺虎豹
크나큰 공로 기린각에 초상화 그려지리라.	鴻功擬欲畫麒麟

대포를 3번 쏘자 교장(教場)으로 들어가 연무당(演武堂)에 올라갔다. 처음에는 4명의 대장과 상견례를 하고 그 후에는 대장 아래서 보좌하는 각 무관들이 배알하였다. 양호 경략이 검정 소와 흰 말 등 제물을 차려 천지신명께 제사를 지내고 깃발에도 제사를 지낸 뒤에 4명의 대장과 맹세의 피를 마셨으며, 군중(軍中)의 대소 두목(頭目)을 불러 상을 주는 규정과 군대 행정 조례 등을 반포해 널리 알리도록 하였으며, 장수와 군사들에게 하나하나 따르도록 분부하였다. 또한 무순을 지나며 전투를 앞두고 도망쳤다가 돌아온 지휘(指揮) 백운룡(白雲龍)을 잡아와서 목을 베어 삼군(三軍: 온 군대)에게 보이도록 하면서 말했다.

"죄가 있으면 반드시 벨 것이고, 공이 있으면 반드시 상을 내릴 것이다."

각기 동지(同知)와 통판(通判)을 나누어 파견해 네 장군의 군사들에게 음식을 먹이고 상을 주어 위로하였다.

그날 네 대장은 양호 경략과 하직 인사를 하고 그 다음날에는 각자 원래 뽑았던 군관들을 데리고서 각기 분담 목적지를 향해 21일에 출병하기로 약속하였다. 양호 경략은 또 요양성(遼陽城) 밖에서 전별하였다. 네 방면의 병마는 20만 명이나 되었고 갑옷과 병장기가 정교하니,

인마(人馬)가 웅장하여 너도 나도 웃었다.

연지의 피를 짓밟고서	擬蹀閼支血
가한 효수하기를 바라네.	期梟可汗頭
승전가가 천자께 알려져	凱歌報天子
담소하시며 봉후를 취하네.	談笑覓封侯

다만 이번에 가서 마침내 오랑캐를 능히 멸할 수 있을지 모르겠다.

여양(黎陽: 鄴城의 오기)에서 9명의 절도사 군대가 궤멸한 것은 병력을 나눈 것이 실책이라 할 수 없겠지만, 애석하게도 서로의 거리가 너무 멀리 떨어져서 전쟁의 실제 상황의 소식을 시시각각 듣지 못한 데다 군대의 출정 시기까지 사전에 미리 알려져 오랑캐들이 대비할 수 있었기 때문이다. 하늘이 패배의 징조를 보이는 지경에 이르렀는데도 알지 못했다고 하는 것은 또한 케케묵은 말일 뿐이다.

네 방면으로 군대가 출동해 누르하치가 있는 노채(老寨: 허투알라)에 모두 집결하려면 멀리 관전(寬奠)까지 나가야 했으니, 바로 자신의 군사들을 지치게 한 것이었다.

제4회

장군기가 꺾였다는 보고에 두송 총병이 죽고, 오성이 나타난 조짐에 유정 총병이 죽다.

牙旗折報杜鬆亡, 五星斗兆劉挺死.

행의가 두터워 몸이 가벼워지나니 | 誼重覺身輕
창을 비껴들고 멀리 정벌하러 가네. | 橫戈事遠征
오랑캐 바람은 말 뒤따라 빠르나 | 胡風隨馬迅
고향의 달은 싸움터 가까이서 환하네. | 漢月傍戈明
머리 부수는 것 어찌 아낄 것이며 | 碎首夫何惜
몸 바치는 것 오랫동안 맹세하였네. | 捐軀久自盟
비록 말가죽에 싸여 묻히더라도 | 從教埋馬革
장한 기상은 오히려 생겨나리라. | 意氣自猶生

행군이란 하늘이 주는 기회[天時]를 알아야 하며 지형의 험하고 평탄함[地利]에 밝아야 한다. 그런데 천시를 헤아린다면서도 예로부터 또 주(紂)가 갑자일(甲子日)에 망하였다고 말하지만 그를 상대한 무왕(武王)은 갑자일에 흥하였던 것을 알지 못한 것이다. 이성(李晟)이 주자(朱泚)를 격파했을 때 공교롭게도 형혹(熒惑: 화성)이 세성(歲星: 목성) 안으로 들어왔지만 무엇을 근거로 군사들의 마음을 고무할 수 있었겠는가. 하물며 군법에 마땅히 나아가야 할 때 나아가지 않는 것을 머뭇거렸다고 하니, 어찌 재앙과 상서의 징조에 미혹되어 스스로 죄악에 빠지겠는가. 이 때문에 대장(大將)은 성공하느냐 실패하느냐로 길흉화복의 운수를 판단하고, 죽느냐 사느냐로 하늘의 뜻을 받아들이며, 한 점의 충성스러운 마음과 의로운 담력으로 자기의 마음을 알아야만 괴이한 것을 보고도 조금도 괴이하게 여기지 않아 자신의 속마음을 어지럽히지 않는 것이다.

그날 다섯 방면으로 출병하였다. 첫 번째 방면은 두송 총병이었으니, 그는 보정 총병(保定總兵) 왕선(王宣)을 선봉으로 삼고 중군(中軍)을 정병(正兵: 정규군)으로 삼아 자신이 거느렸으며, 총병 조몽린(趙夢麟)으로 기병(奇兵: 기습군)을 맡게 하였고 도사(都司) 유우절(劉遇節)로 적진을 유린하게 하였다. 21일 출병했을 때, 갑자기 바람이 몹시 세게 불어 두송 총병의 아기(牙旗)가 두 조각으로 부러졌다. 중군의 파총(把總) 왕첩(王捷)이 이를 보고하자, 두송 총병이 말했다.

"모래가 날리고 나무가 부러지는 것은 바람 때문에 늘 있는 것이니 신경 쓸 필요가 없다."

그리고는 전방의 군대를 재촉하여 오령관(五嶺關)을 넘어 곧바로 혼하(渾河)에 닿았다. 왕첩이 의견을 아뢰었다.

"사람들을 시켜서 나무를 베어 부교(浮橋: 물에 뜨는 임시 다리)를 만들어 주십시오."

두송 총병이 직접 강어귀에 가서 물살을 살펴보고는 말했다.

"물살이 매우 느리니 우리는 지금 바로 가볍게 무장한 군사로 적진 깊숙이 들어가 적들이 방비를 제대로 갖추지 못한 곳을 덮쳐야 하는데, 만약 다리를 세우면 시간이 많이 걸릴 뿐만 아니라 시기를 놓칠 수도 있다. 내가 먼저 강물 건너는 것을 보여주겠다."

그는 스스로 이미 옷을 벗고 맨몸으로 말을 몰아 끝내 혼하를 건넜다. 이쪽의 강 언덕에 있던 왕선과 조몽린 두 총병은 그의 군대가 고립

되어 잘못될까 염려하여 군사들로 하여금 혼하를 건너도록 독촉하였다. 혼하의 반 정도를 건너고 있는데 갑자기 정찰 기병이 오랑캐 병사들이 있다고 보고하자, 두송 총병은 갑옷과 투구를 하지 않은 채로 병사들을 거느리고서 오랑캐들과 싸우기 시작하였다. 오시(午時: 오전 11시~오후 1시)부터 유시(酉時: 오후 5시~7시)까지 무찔러 달병(韃兵: 몽골병)을 흩어지게 했지만, 이미 조몽린 총병이 상처입어 죽었고 부하 천여 명을 잃고 말았다. 두송 총병이 급히 혼하 건너편에 사람을 보내어 응원군이 호응하여 싸우도록 독촉하였으나, 유우절 도사가 맞은편 언덕에서 두송 총병과 누르하치의 군사들이 잔인하게 죽이는 것을 보고 기겁하여 죽기 살기로 혼하를 건너려 하지 않을 것을 누가 헤아렸겠는가, 두송 총병은 그저 병사들을 수습하여 하나의 흙산[土山]에 주둔해 있을밖에 방법이 없었다. 중군 왕첩에게 분부해 그로 하여금 3천 명의 군사를 거느려 산비탈에 머물러 있으라고 하면서 계획을 정했다.

"만약 적병이 오면 네가 신호포[號炮] 한 방 쏘아라. 그러면 내가 말을 타고 내려와 화기(火器)를 가지고 돌격해 온다면 승리할 수 있을 것이다. 나의 통솔을 어겨서는 안 된다."

그러나 다만 두송 총병이 흙산에 주둔해 있는 것만 보였지 하룻밤 동안 신호포 소리는 듣지 못했는데, 다음날에 보니 누르하치의 군사들이 개미떼처럼 흙산을 포위해 있었다. 산비탈을 보니 어느 곳에도 사람의 그림자조차 하나 없었는데, 왕첩은 이미 칠흑 같은 밤을 틈타 오랑캐들이 포위하기 전에 병사들을 거느리고 도망가 버렸던 것이다. 다시 혼하를 바라보니 혹시라도 군사를 가진 자가 건너와 구원해 준다면 다시 안팎에서 협공할 수 있을 것이다. 그러나 유우절 도사가 언덕 위에 달병(韃兵: 몽골병)이 있는 것을 보고 어떻게든 용감하게 강을 건너야 했는데도 몸소 군사를 이끌고 돌아 가버릴 줄을 누가 알았겠는

가. 두송 총병은 왕첩이 이미 돌아갔고 유우절 도사도 와서 구원하려 하지 않는 것을 보고 심상치 않다는 것을 알고서 말했다.

“이 두 놈이 나를 그르치는구나.”

황망히 흙산 위에 있으면서 화기(火器)를 내리 쏘아댔지만 포위망을 뚫으리라고는 생각할 수 없었다. 자신의 감정을 억누르면서 왕선 총병과 말을 죽이고 서로 틈을 비집고 죽기 살기로 싸워 흙산을 빠져나가려고 몇 차례 맞부딪쳤지만 꼼짝할 수 없었고, 두 사람은 모두 몸에 화살 몇 대를 맞았다. 누르하치의 병사들은 오히려 교대하면서 쉬었기 때문에 날이 저물 때까지 버티었지만, 두송 총병의 부하들이 절반이나 죽었고 그 나머지도 이미 굶주리고 피곤한데다 누르하치의 병사들이 사방에서 죽이려고 모여드니, 불쌍하게도 관서 노장(關西老將: 두송)과 저 왕선 총병은 모두 누르하치 군사들의 손에 목숨을 잃었다.

희끗희끗 백발이나 그 기상 자못 웅대하여	種種顚毛氣自雄
몸소 백전 치러서 뛰어난 전공 세웠네.	身經百戰奏奇功
누가 늙어서는 귀한 몸 될 것이라 하더니	誰知一具封侯骨
슬퍼라, 안개 사라지는 변방 목초지에 있네.	慘雨殘烟白草中

한때 거느렸던 군의 병장기(兵仗器)들과 아울러 두송 총병의 발병부(發兵符), 인신(印信), 영전(令箭: 군령 전달용 화살), 영기(令旗: 군령 전달용 깃발)가 모두 누르하치의 수중에 떨어졌다. 누르하치는 병사들이 협공해 승리를 거둔 틈을 다시 타서 정안보(靖安堡)에 있는 관군을 공격하였다. 이 관군은 마림(馬林) 장군의 군대인데, 그는 유격(遊擊) 마암(麻岩)을 선봉으로 삼았고, 자기를 따르는 감군도(監軍道) 첨사(僉事) 반종안(潘宗顔)과 함께 중군(中軍)을 거느렸으며, 도사(都司) 두영징(竇永澄)은 북관(北關: 해서여진 예허부)의 군대를 기다리며 후방에서 뒤를 호응

토록 하였다. 삼차보(三岔堡)에서 출군하여 이도관(二道關)에 도착하였는데, 갑자기 적군을 만나자 마암(麻岩) 유격은 바로 창을 꼬나들고 말을 박차 나와 곧장 적의 선봉으로 돌격하였으며, 반종안(潘宗顔) 감군도 갑옷을 차려입고 칼을 뽑아 휘두르며 마림 장군과 함께 장수와 군사들을 거느리고 독려했지만 고전하였다. 아직 승부를 가리지 못하고 있을 즈음, 또 흙먼지를 크게 일으키면서 한 무리의 말을 탄 달군(韃軍)이 아주 가까운 곳을 따라 마구 들이닥쳐 오자, 마림 장군이 황망히 두영징(竇永澄) 도사에게 적을 맞아 싸우라고 하였다. 두영징 도사가 거느린 군대는 후방 부대의 보병이었으니 어떻게 달군(韃軍)의 기병이 어지러이 짓밟고 지나가는 것을 저지할 수 있겠으며, 후군(後軍)이 점차 혼란에 빠지자 전군(前軍)도 동요하기 시작하였다. 마림 장군은 그저 정벽(丁碧)과 함께 목숨을 걸고 탈출구 하나를 열어 겹겹의 포위를 무너뜨리고 나갔다. 고개를 돌려보니 반종안 감군이 보이지 않아 두 사람은 또 성내의 장정들을 거느리고 그를 찾으러 돌진해 들어갔으나, 다만 반종안 감군의 병졸 한 명을 만났는데, 그 병졸이 말했다.

"반종안 감군이 활을 맞고 말에서 떨어지는 것을 보았는데, 그 후에 어지럽게 군대가 한꺼번에 밀고 들어와 끝내 어디에 있는지 알지 못합니다."

마림 장군이 말했다.

"그는 일개 문관(文官)이었으니 활을 맞고 말에서 떨어졌으면 틀림없이 죽음을 면치 못했을 것이다."

두 사람은 더 이상 찾지 않은 채 길을 트면서 싸우며 돌아갔다. 다행히도 누르하치 군대는 유정 총병이 연달아 다섯 영채(營寨)를 격파하자 노채(老寨: 허투알라)가 잘못될까 염려하여 군사를 돌이켜 구원하러 왔으나 추격하여 공격하지 않았기 때문에, 마림 장군은 여유 있게 군대를 수습할 수 있었다. 명부와 대조하며 점검하니, 감군 반종안 첨사가 죽었고 마암과 두영징 장군도 죽었으며, 부하 군사들의 절반이 죽었거나 다쳐서 그저 왔던 길로 되돌아갈 수밖에 없었다. 마림 장군이 되돌아가는 길에 구원하러 오는 북관(北關: 해서여진 예허부)을 만났는데, 그들은 마림 장군이 이미 패하고 돌아오는 것을 보고 그들도 자신의 본채(本寨)로 되돌아가버렸다.

이쪽의 유정(劉綎) 총병(總兵)은 자신의 가정(家丁: 친위 정예부대의 사병) 유초손(劉招孫)을 선봉으로 삼고, 도사(都司) 조천정(祖天定)과 절병파총(浙兵把總) 주익명(周翼明)에게 각기 부대 하나씩을 맡겼으며, 도사 교일기(喬一琦)에게 고려병(高麗兵: 조선군)을 감독하여 뒤를 잇게 하였다. 저 유초손은 유정 총병의 양자인데 큰 칼을 사용하며 여러 차례 정벌에 따라다녔으니 나아가는 곳에 대적할 자가 없었다. 지난번 유정 총병이 남창(南昌)에서 요동을 도우러 군대를 일으키고 맹세의 피를 마시려던 날에 소 3마리를 교장(教場)에서 직접 잡아 군기(軍旗)에 제사지내려고 손을 들었다 내리자 칼이 떨어져 소의 머리가 거의 잘리고 가죽만 조금 이어져 있었기 때문에 유정 총병은 불쾌한 생각이 들었다. 유초손이 뛰어나와서 소 2마리를 잇달아 죽이고 피조차 칼에 조금도 남기지 않으니, 유정 총병이 매우 기뻐하여 만인적(萬人敵)이라고 하였다. 지금까지 두 번 적진을 향해 돌격했으나 출병하는 날에 금(金)·목(木)·수(水)·화(火)·토(土)의 오성(五星)이 동정수(東井宿)에 모여 서로 싸우니, 사람들이 모두 불길하다고 여겼지만 감히 진언하지 못했다. 유정 총병도 그렇게 알고 있었지만 필승 하나만 생각하고 신경 쓰지 않았다. 변방으로 200여 리를 출정하여 한 방면을 수색하고 토벌한 것이 이루 셀 수 없을 정도였다. 길을 재촉한 지 이미 며칠이 되었을 때 문득 한 영채(營寨)를 보고는 유정 총병이 공격하라고 소리쳤다. 얼핏 보니 영채에서 망의(蟒衣)를 입은 달자(韃子: 몽골)가 뛰쳐나와 칼을 들고 곧장 유정 총병을 베려 하자 유정 총병도 큰칼을 들어 서로 맞서려는데, 어느새 유초손이 측면에서 뒤쫓아 와 칼을 한번 휘두르자 달자(韃子: 몽골)의 몸이 두 동강 났다. 영채 안에 있던 천여 명의 달적(韃賊)들이 자기의 우두머리가 죽는 것을 보고서 모두 도망쳐 살고자 했지만 유정 총병의 군대에 의해 절반 정도가 죽거나 사로잡혔다. 사로잡아 오던 달자(韃子: 몽골)에게 물으니, 그곳이 복여채(卜餘寨)라는 곳으로 제일의 요충지이라서 누르하치가 아들 귀영(貴永) 바투[把兎: 칭호]를 보내어 지키게 했는데, 방금 망의(蟒衣)를 입은 사람이 바로 그 사람이라고 하였다. 유정 총병은 영채(營寨) 안에서 하룻밤을 편안히 쉬고 그 다음날 아침에 출병하여 유목채(柳木寨)를 공격하였다. 유목채를 지킨 우록(牛鹿) 바투[巴兒兎: 칭호]는 남조(南朝: 명나라)의 유격관(遊擊官)이었던 것 같은데, 앞의 영채가 이미 패배한 것을 알고 대적할 수 없을 것으로 추측하여 그저 성문을 닫아 굳게 지킬 뿐이었다. 유정 총병은 각 군대에게 모두 마른 풀을 가져와 영채를 둘러싸서 벌여놓고 불을 질러 즉시 태워 없애도록 명령하니, 영채 안에 있던 오랑캐들이 불에 타 죽어 텅 비었다. 29일에 판교채(板橋寨)를 공격하자, 판교채의 수장(首將)이 앞의 영채가 불탄 것을 알고 쳐들어오면 어떻게 대응할 것인지 고민하다가 길에서 유정 총병과 마주쳤는데, 유정 총병의 부자(父子)가 칼을 비껴들고 돌격해 들어가니 마주친 군인과 말들은 모두 상해를 입었다. 각 군대가 잇달아 승리하여 사기가 또 절로 고무되었으니, 누르하치 군대가 어떻게 대적할 수 있었을 것이랴 그래서 황망히 도주하여 영채(營寨)로 돌아가 지키려고 할 때, 남병(南兵)이 온통 에워싸고 뒤따라 나와 차단하기를 그치지 않자, 도망갈 수 있는 자는 말을 타고 도망갔으나 그 나머지는 모두 사로잡혀 죽었다.

3일 동안 세 영채를 격파하였는데 오랑캐 800여 명을 사로잡았고 3천여 명의 머리를 베었으며 군량, 병장기, 소와 말을 셀 수 없을 정도로 빼앗았다.

유정 총병은 보고를 하면서 먼저 승리의 소식을 알리고 그 다음에 각자 전공(戰功)의 등차대로 달리 책자를 만들어 하나하나 보고하였다. 판교채에서 하루를 쉬면서 유정 총병이 말했다.

"군사를 움직이는 데는 귀신같이 빠름을 귀히 여기니 지체해서는 아니 된다."

한편으로 뒤에 있는 군대로 하여금 호응하도록 재촉하고 또 한편으로 자신이 군대를 거느려 앞으로 나아갔다. 또 고분채(古墳寨)에 쇄도하니, 오랑캐 군사들이 풍문을 듣고 도주한 자가 대부분이었고 영채를 지키는 자가 적어서 얼마 되지 않아 쳐부수었다. 2일에 감고리채(甘孤里寨)를 다시 공격하였는데, 이때부터 누르하치의 노채(老寨: 허투알라)와 점점 가까워져 누르하치의 군사들이 점차로 많아진 데다 모두 목숨을 걸고 감고리채를 지켜서 반나절 동안 공격하였지만 승리를 거둘 수가 없었다. 유정 총병이 번뇌하다가 군사에게 불을 붙여 오라고 소리쳤는데, 화기관(火器官)이 얼른 불을 붙여 오자 감고리채의 문을 향해 쏘니 과연 문이 열리게 되었다. 유정 총병과 유초손이 각기 말을 타고 칼을 눈송이가 어지러이 흩날리듯 휘두르니, 앞을 가로막는 군인과 말들은 모두 죽었고 또 영채 하나를 격파하였으니, 모두 다섯 영채를 이미 무너뜨렸다. 군인들과 말들을 점검하여 전쟁터에서 사망했거나 중상을 입어서 길을 따라 걸을 수 없는 사람들을 영채에 남아 있게 하니, 군사가 3분의 1이 이미 없어졌다. 중군 황월진(黃越進)이 아뢰었다.

"관군(官軍)이 영채로부터 500여 리를 나와서 누르하치의 노채(老寨:

허투알라)와 거리가 멀지 않으니 상황으로 볼 때 모름지기 병력을 합쳐서 전진하여 공격해야 합니다. 다섯 영채를 토벌하면서 얻은 물자가 열흘 정도는 족히 지탱할 수 있으니, 진격을 잠시 하루 남짓이라도 멈추어 군사들을 쉬게 하면서 한편으로 다른 방면으로 진격한 군대의 소식을 알아보고 또 한편으로 후방 부대의 인마들을 재촉해 합세한 뒤 토벌하여 필승을 도모하는 것이 더 나을 것입니다."

유정 총병이 고개를 끄덕이며 말했다.

"나도 원래 공격하는 데에만 뜻이 있는 것이 아니라, 그저 군사들의 굳센 기세에 힘입어 적군이 대비하지 못한 기회를 잡고 공격한 것이다. 다행히 며칠 동안에 계속 승리해서 군량도 얻었으니 군사들을 조금 쉬게 하는 것이야 나쁘지 않다. 다른 방면으로 진격한 군대가 이미 도착해 있다면 그때 힘을 합쳐서 진격하여 토벌하면 된다."

즉시 군대를 머무르게 하라고 명을 내리면서 오랑캐를 토벌하며 획득한 소와 양을 죽여 장수와 군사들에게 먹이고 공로를 위로하게 하였다. 야불수(夜不收: 정탐병)에게 각 방면으로 진격한 군대의 소식을 알아보게 하였고, 홍기관(紅旗官)에게 후방 부대의 보병과 조선군의 병마를 감독하도록 하였다.

하룻밤을 편안히 쉬니 어느새 3월 4일이었고, 얼핏 보니 야불수(夜不收: 정탐병)가 기패관(旗牌官)을 데려왔는데 그는 영전(令箭: 군령 전달용 화살)을 지니고서 말했다.

"두송 총병 나리께서 22일에 혼하(渾河)를 건너서 달병(韃兵: 몽골병)에게 잇달아 승리를 거두시고 여기서 60리 떨어진 곳에 막사를 쳐 주둔하고 계십니다. 유정 총병 나리가 이곳에서 승리를 거두었다는 소식을 들으시고 소인을 시켜 영전(令箭)을 직접 가지고 알리게 하셨는데, 두송 총병 나리께서는 즉각 군대를 옮겨 유정 총병 나리와 서로 만나 군대를 합쳐 진격해 토벌하는 것을 상의하겠다고 하십니다."

유정 총병이 영전(令箭)을 가져오게 하여 가지고 들어가 대조해보니, 과연 두송 총병의 영전이어서 말했다.

"두송 총병께서는 이미 전공을 세우셨으니, 우리 두 사람이 앞뒤에서 적을 몰아쳐 죽이면 크나큰 공을 이루지 못할까 두려워할 필요가 없겠다."

그래서 사람을 시켜 두송 총병이 오기를 청하였다. 일찌감치 서쪽 일대는 남군(南軍)의 신호 깃발을 들고 대채(大寨: 유정 군대의 본영)를 향해 천천히 왔다. 이들 군사를 두송 총병의 군대로 알고서 모두가 대채 밖에 서서 바라보기만 하며 말했다.

"결국 우리 유정 총병 나리와 두송 총병 나리께서 뛰어난 능력이 있어 여기까지 돌파해 오셨네."

뜻밖에 대채의 문에 막 도착하자마자 남군의 병사들이 곧 죽이기 시작했다. 이때 유정 총병의 병사들은 원래부터 이미 준비가 없었고, 몇몇 총기를 든 자들도 적이 죽이려 들 때에 또 본부의 군사와 말을 잘못하여 다치게 할까 두려워하고 있었는데, 저 닥쳐오는 남군들이 대채의 문으로 한꺼번에 밀고 들어왔다. 유정 총병은 막 가벼운 갖옷에 허리띠를 느슨하게 하고서 속으로 두송 총병과 서로 만날 것을 작정하는데 보고하는 말이 들렸다.

"어떻게 두송 총병님의 군대가 도리어 우리 군영으로 돌진해 들어오는지를 알지 못하겠습니다."

유정 총병이 황망히 말했다.

"계략에 빠졌다."

급히 갑옷을 찾아 입으려는데 오른쪽 어깨에 이미 화살을 맞았다. 갑옷을 입고 싸웠을 때에는 적군 몇 명을 베었을 뿐 얼굴과 몸에 또 화살 몇 대를 맞고 온 몸이 피투성이가 된 채로 이미 숨졌다.

백전의 공명은 위청과 곽거병을 짝하였고	百戰功名衛霍儔
웃으며 대화할 때도 창끝을 보았노라.	笑談時見落矛頭
깃발을 휘두르니 대해의 거센 파도 잠재웠고	旗翻溟海鯨波息
검으로 겨누니 공동산 도깨비들 시름 잠겼네.	劍指崆峒鬼魅愁
군사 양성하니 집이 옥경 같아도 부끄럽지 않고	養士不羞家似罄
임금 섬기니 나라를 금구 같이 보호하여 지켰네.	忠君直保國如甌
바로 이때 비바람이 변방의 성에 몰아치니	只今風雨邊城上
전사들 임금의 은혜에 눈물이 마르지 않네.	戰士御恩泣未休

유초손은 유정 총병이 죽은 것을 보자마자 승리하지 못하리라 짐작하고 한 손으로 시체의 머리를 들어 올리고 다른 손으로 칼을 잡고 머리를 자른 뒤 영채 뒤쪽으로 싸우며 빠져나갔다. 가련하게도 영채 안의 장수와 군사들은 싸웠으나 미처 손쓸 새가 없어 무수히 죽었고, 그 나머지는 칼에 베이거나 화살을 맞고서 남쪽으로 도망쳐 살아남았다. 도중에 갑자기 한 무리의 인마(人馬)를 만났는데, 바로 조천정(祖天定)과 주익명(周翼明) 두 장관(將官)이 보병을 통솔하여 서로의 계책에 따라 지원하기 위해 왔다. 홍기관(紅旗官)이 재촉하였기 때문에 급하게 행진하느라 모두 지쳐서 만나자마자 진지를 세워 주둔하고, 유초손과 함께 서로 의논하여 행군을 멈추기로 하였다. 영채 밖에는 일찌감치 한 무리의 패잔병들이 왔고 후방에서는 또 승리를 거둔 수만 명의 오랑캐 군들이 힘차게 달려오고 있으니, 각 장수들은 고함을 치며 영채를 철수하면서 전투를 벌였다. 천절병(川浙兵: 사천성과 절강성의 군사)이 자못 용맹스럽고 굳셌지만 결국에 가서 보병이 기마병을 이길 수가 없고, 객이 주인을 이길 수 없으며, 피로한 병사가 편안한 병사를 이

길 수 없는 법인지라 그들에게 패전하였으니, 조천정과 주익명 두 장수는 싸움터에서 죽었다. 유초손은 시신의 머리를 보호하기 위하여 온 힘을 다해 죽을 각오로 싸웠는데, 계속 싸우느라 몹시 힘들었기 때문에 비록 손수 수십 명을 베었지만 또한 오랑캐에게 죽임을 당하였으니, 유정 총병의 시신 머리를 어디에 떨어뜨렸는지 알지 못한다. 교일기가 선봉부대가 접전한다는 소식을 듣고 황망히 고려(高麗: 조선) 장수에게 전진해 와서 전투를 도우라고 독촉하였다. 의외로 여병(麗兵: 조선군)이 가장 약한 데다 또 유정 총병이 싸움에 져서 죽었다는 소식을 듣고 말했다.

"유정 총병님은 그 당시 왜구를 평정할 때 매우 뛰어난 능력이 있었다. 그러한 분이 대적하지도 못했는데, 우리들이 어떻게 이길 수 있으랴?"

마음이 먼저 겁을 먹었다. 겨우 서로 군진을 마주하였을 때, 적군의 강철 같은 기마병들이 세 방면으로 나뉘어 둘러싸 오자 도무지 버틸 수가 없었으니, 두 장관[兩將官: 조천정과 주익명]은 모두 사로잡혔고 교일기는 적군에게 죽었다.

세 방면의 병마 가운데 유정 총병의 군대는 전체 모두 몰살되었고, 두송 총병의 군대는 단지 유우절과 왕첩의 두 부대만 갈 수 있었으며, 마림 총병의 군대는 절반만 남겨졌으나, 이여백 총병은 하세현과 이회충(李懷忠)을 거느리고 이미 청하(淸河)에 도착하였다. 이때가 18일로 황성[京師]에는 화성(火星)이 역행하리라 점쳐졌는데, 20일에 황성에서 갑자기 흙먼지로 하늘이 뿌옇더니 미친 듯한 바람이 몹시 불어 누런 흙먼지가 하늘을 가리고 갑자기 붉은 광채가 피처럼 사람을 쏘아대면서 장안(長安)의 동네 누각들이 꺾어지자, 황제가 명령을 내려 동쪽으로 정벌나간 장수와 군사들을 위로하고 격려하며 변방의 방비를 정돈하도록 단단히 경계하였다. 양호 경략은 또 혼하(渾河)의 패배 소식을 듣고 누르하치가 빈틈을 타서 깊이 들어올까 두려워하여 황망히 영전(令箭: 군령 전달용 화살)으로 철수해 중심지역을 보호하고 지키게 함으로써 다행히 보존할 수 있었다. 가련하게도 세 방면의 정예병들, 두 명의 경험이 풍부한 장수, 천여 명의 편비(偏裨)들 모두 사막에서 죽었고 군수물자와 병장기 수백만을 잃어버린 데다 요동 전 지역의 인심이 모두 견고하지 못하니, 더 어떠한 사람이 이 위기를 대처하러 요동에 올 수 있을지 알지 못하겠다.

대세는 이미 물결이 뒤집혔으니	大勢已成瀾倒
우뚝 누가 세찬 물결을 버티랴.	屹然誰砥中流

이번 전쟁에서 두송 총병은 용맹했으나 거칠었고, 유정 총병은 지원도 없는 군대를 혼자서 이끌고 깊이 들어갔다. 만약 다른 방면에서 이르는 자가 있어 앞뒤에서 적을 몰아쳐 진격했더라면 누르하치를 결박하여 대궐에 바치기를 혹시라도 바랄 수 있었을 것이다. 그러나 끝내 도와주는 자가 없어 패했으니 진실로 하늘이 망하게 한 것이다.

요동의 전 지역이 텅 빌까 염려해 남김없이 정예병의 사기를 돋워 유정 총병과 두송 총병에게 보내주어 그 세력을 키워서 북을 울리며 앞으로 나아가게 하고, 마림 총병과 이여백 총병은 편장들이 떠벌린 허세로서 강토를 굳건히 지키게 하는 것도 괜찮았을 것인데, 어찌하여 꼭 네 방면으로 대거 출정한 명분을 구차스럽게 하였단 말인가.

제5회

사기를 진작하려 웅정필이 장수들을 베고, 나랏일에 목숨 바치려 김태실이 분사하다.

作士氣芝岡斬將, 死王事台失自焚.

북쪽 변방으로 출정 나간 이 돌아오지 않고 | 塞北征人去不歸
강남에서 남편 생각는 아내 가는허리 야위네. | 征人思婦減腰圍
등불에 흔들린 외론 그림자 짝 없어 탄식하고 | 燈搖獨影嗟無主
눈물 훔치는 외론 아이들 굶주림에 괴로워하네. | 泣掩孤兒痛苦饑
차가운 이불 적신 눈물 이어졌다가 또 끊어지니 | 淚染寒衾連復斷
꿈속의 맑은 밤에 옳은 것도 되레 글러지네. | 夢來淸夜是還非
시름겨워 응달에 선 꽃조차 향하기 두렵거늘 | 愁時怕向花陰立
쌍쌍이 되어 나비들이 날고 있어라. | 爲有雙雙蛺蝶飛

세 방면의 군대가 패하자, 사람들은 모두 양호(楊鎬) 경략(經略)이 경솔하게 전투했다고 탓하였으나 군대가 하루만 주둔해도 날마다 막대한 비용이 든다는 것을 알지 못했다. 만일 지켰어야 한다면 구태여 군사가 많을 필요가 있는가. 만일 싸웠어야 한다면 어찌 군사들로 하여금 지치게 하고 물자는 부족하게 했단 말인가. 다만 네 방면으로 함께 나란히 진군할 때면 천천히 전진해야 하고 또 소리를 서로 들으며 협공을 서로 이웃에서 해야 했었고, 정병(正兵)이 되거나 기병(奇兵)이 되어 한 방면의 군대가 실책을 하더라도 다른 방면의 군대가 구할 수 있어야 했다. 그가 저처럼 패배한 것은 안중에도 없는 듯 누르하치를 무시하고 노리개쯤으로 보았기 때문이며, 또 황제의 군대가 적을 토벌하는 것을 흉내 내어 조금도 거리낌 없이 노골적으로 군대출정 시기를 미리 알려지게 한 것은 물정에 어두워서이다. 그리하여 천하에서 가장 막대한 군수물자와 용맹한 군사들에 이르기까지 모두 다 누르하치에게 주고 말았다. 이보다 앞서 깃발에 의한 보고가 황성에 들려오자 조정의 상하 모두가 놀랐는데, 조정은 웅정필(熊廷弼)을 요동(遼東)의 순안사(巡按使)로 보내어 미리 누르하치가 화란을 일으키려는지 또 위세와 명망을 지니고 있는지 먼저 아뢰도록 하였고, 그를 대리시 시승(大理寺寺丞)으로 승진시켜 먼저 가서 군인과 백성을 위무하도록 하였으며, 또 이여백(李如柏)을 대신하여 그의 형제인 이여정(李如楨)을 요동의 진수(鎭守)로 삼았다. 조선(朝鮮)에 칙서(勅書)를 내려 포상하고 구휼하되 여전히 그들의 군대를 압록강 어귀에 주둔시켜 관전(寬奠)과 진강(鎭江)의 명성과 위세를 높였으며, 북관(北關: 해서여진의 예허부)에 칙서를 내려 군대를 개원에 잇닿아 주둔시켜 오랑캐들이 감히 개원과 철령(鐵嶺)을 범하지 못하게 하였다.

이때 이여정(李如楨)은 비록 황명을 받드는 것일지라도 바야흐로 군량을 조달하면서 상 주는 규정의 반포를 요구하고, 또 경략(經略) 및 총독(總督)과 대등한 예로 대우할 것을 주장하며 아직 산해관(山海關)을 나서지 않았고, 웅정필도 같은 시기에 도착하지 않았다. 5월에는 누르하치가 병사를 이끌고 무순(撫順)을 침범하였으며, 6월에는 수만 명의 병사를 이끌고 정안보(靖安堡)에서 개원(開原)을 직접 공격하였다. 총병 마림(馬林)은 서로(西虜: 몽골)의 재새(宰賽)가 경운보(慶雲堡)를 쳐들어왔다는 소식을 들었기 때문에 마침 군사를 이끌고 지켰으나, 누르하치의 군대가 이미 성 아래까지 곧장 들이닥친 것을 생각지 못하였다가 급급히 군사들을 이끌고서 성이 포위된 것을 풀려고 누르하치의 병마와 대전을 벌였다. 결국 남병(南兵)들은 여러 번 패한 뒤에 두려운 마음이 먼저 들었기 때문에 마림 총병이 성안의 사람들에게 알려 안팎에서 협공하려 했으나 또 제대로 이루어지지 못한 채 두세 시간 정도 계속 싸웠는데, 마림 총병은 나아가지도 물러나지도 못하고 성 아래에서 전사하였다. 누르하치의 군대가 이긴 기세를 틈타 운제(雲梯: 공격용 긴 사닥다리)를 성벽에 붙여서 타고 올라갔는데, 성을 지키던 사람들이 누르하치의 병사들이 성을 올라오는 것을 보자마자 이미 도주하여 그들에게 성문이 활짝 열리니, 누르하치의 병마들이 성안에 닥치는 대로 들어가 성안에 비축된 물자들을 죄다 노략질하였고 부녀자들을 마음대로 간음하였다. 그렇게 성안에서 며칠 동안 쾌활하게 지내다가 성안의 소와 말을 수레에 싣고 돌아가 버렸다. 그러나 요양성(遼陽城)안에서는 지난날 장승윤 총병이 추격했다가 일을 그르친 것을 알았음으로 추격에 대한 말을 한마디도 꺼내지 못했다. 부근의 장관(將官)들도 병사들이 적어서 더욱 감히 올 수가 없었으나 오직 북관(北關)이 군사 2천 명을 일으켜 구원하였을 때 개원(開原)은 이미 함락되고 말았다. 개원이 함락되자 그 주변의 강가에 벌여 있는 성보(城堡) 곧 위원(威遠)·정안(靖安)·송산(松山)·시하(柴河)·무안(撫安)·삼차(三岔)·백가충(白家冲)·회안보(會安堡)·마근단(馬根單)·동주보(東州堡)·산양욕(散羊峪)·세마길(洒馬吉)·일도장(一堵墻)·염장(鹽場)·고산(孤山)·애양(靉陽)·대전(大奠)·장전(長奠)·신전(新奠)·영전(永奠)은 모두 패주하여 요양과 심양으로 들어가니 닭도 개도 다 없어졌다.

조정은 보고를 듣고서 변경의 정황이 긴급하다는 것을 알게 되었는데, 양호(楊鎬) 경략을 대신하고자 웅정필(熊廷弼)을 특진시켜 경략으로 삼아 그에게 상방검(尙方劍)을 하사한 뒤에 성지(聖旨: 황제의 명)를 내려 장수의 명령을 따르지 않는 자는 미리 황제에게 고하지 않고 먼저 벨 수 있도록 하였다. 초7일에 웅정필은 조정에서 하직한 뒤로 곧 나는 듯이 말을 달려와 산해관(山海關)에 도착하였다. 각지에서 징발한 병사들이 2천 명에 불과하였고 모두 노약자들이었다. 웅정필 경략은 그 중에 800여 명만 뽑아 급급하게 산해관을 나섰다. 누르하치가 다시 삼차보(三岔堡)에서 철령(鐵嶺)을 공격해 오자, 성안의 백성들이 이미 먼저 아내와 자식들을 요양과 심양으로 옮겨놓아 부득불 남자 만여 명, 진수 유격(鎮守遊擊) 왕문정(王文鼎)의 부하 병사 3천 명, 원요 유격(援遼遊擊) 사봉명(史鳳鳴) 등 부하 병사 4천 명이 제각기 성에 올라가 굳게 인시(寅時: 새벽 3~5시)부터 사시(巳時: 오전 9~11시)까지 지켰다. 성안에 첩자가 숨어 있는 것을 생각지 못하였는데, 이보다 앞서 말 먹이풀을 쌓아둔 곳에 불이 난 후에 유격의 관공서에도 불이 나니, 군인과 백성들이 남몰래 적과 통하는 자가 있는 것을 알자 일제히 살기 위해 도망쳤다. 유격 왕문정은 바로 남은 병사들을 이끌고 성문으로 쇄도해 달아나 심양으로 들어갔지만, 사봉명 등은 모두 죽임을 당하였다. 웅정필 경략은 철령이 함락되었다는 보고를 들은 데다 또 양호 경략이 보낸 공문서에 이러하였다.

「요양 성안에는 이영방(李永芳)과 동양성(佟養性)의 친척들이 매우 많은데 배반하여 변란을 꾀할 것이다.」

이 때문에 웅정필(熊廷弼) 경략은 급히 해주 교장(海州教場)으로 가서 양호(楊鎬) 경략과 교대하였다.

다음날 진성(鎮城)으로 나아가니 연도(沿道)에 도망치는 백성들이 보여 기패관(旗牌官)을 보내 기(旗)를 잡고 그들을 불러 타이르면서 생업에 돌아가도록 하였다. 웅정필 경략은 성안으로 들어가자마자 관민을 앞장서 이끌고 가족들을 옮겼던 이 지주(李知州)를 잡아들이고, 성 밖으로 나간 가족들 전부에게 모두 다시 되돌아오라고 명하였다. 초4일에는 성을 순찰하였는데, 천병(川兵: 사천성 병사)들이 성 위에 장막을 치고 지키고 있는 것을 보고는 이이야말로 약한 모습을 드러내는 것이라며 모두 성 밖에 진지를 세워 주둔하며 지키게 하였다. 또 교장(敎場)으로 내려가서 군마들을 하나하나 살펴보고는 사재(私財)를 털어서 음식을 먹이고 상을 주어 위로하였는데, 예를 갖추어 부총병 하세현(賀世賢)을 대우해 그가 세운 전공에 대해 포상하였다. 초7일에는 감군(監軍) 진 어사(陳御史)·찬획(贊畫) 유 주사(劉主事)·감군(監軍) 산 부사(單副使), 수순(守巡) 염 참정(閻參政)·한 첨사(韓僉事)를 청하여 일제히 본원에 오게 했는데, 즉시 그동안 도망갔던 장수들을 잡아놓았으니 유우절(劉遇節), 왕첩(王捷), 왕문정(王文鼎)으로 도부수(刀斧手: 망나니)에 의해 모두 끌려온 것이었다. 웅정필 경략이 말했다.

"군법이 엄하지 않아서 사람들이 달자(韃子: 몽골)에게 살해되는 것은 두려워하여도 국법으로 죽는 것은 두려워하지 않는다. 만약 군령을 시행하게 하면 전쟁터에서 죽지 않고 돌아왔어도 도망치다가는 끝내 죽을 것이니 저절로 죽기를 각오하고 싸울 것이다. 내가 생각해보았는데, 그 당시 무순(撫順)에서 장승윤(張承胤)을 따라 싸워야했지만 도망쳤고 두송(杜松)을 따르다가 또 도망간 자가 유우절(劉遇節)이 아니겠느냐?"

여러 관원들이 소리 높여 말했다.

"맞습니다."

웅정필 경략이 말했다.

"이 놈을 어떻게 해야겠느냐?"

여러 관원들이 말했다.

"목을 베어야 합니다."

웅정필 경략이 또 말했다.

"전쟁에 나갔다가 주장(主將)을 배신하고 먼저 도망쳐서 두송(杜松)으로 하여금 한을 품어 이를 갈도록 한 자가 왕첩(王捷)이 아니겠느냐?"

여러 관원들이 한 목소리로 말했다.

"맞습니다."

웅정필 경략이 말했다.

"이 놈을 어떻게 해야겠느냐?"

여러 관원들이 말했다.

"목을 베어야 합니다."

웅정필 경략이 말했다.

"철령성(鐵嶺城)이 함락되려 할 때 성을 버리고 살고자 도망친 자가 왕문정(王文鼎)이 아니겠느냐?"

여러 관원들이 말했다.

"맞습니다."

웅정필 경략이 말했다.

"이 놈을 어떻게 해야겠느냐?"

산 부사(單副使)가 말했다.

"왕문정은 부임한 날의 사정이 가엾은 듯합니다."

웅정필 경략이 말했다.

"주장(主將)은 응당 성과 함께 생사를 같이해야 하거늘, 이제 철령은 이미 무너져 협수장(協守將)조차 모두 죽은 판국에 그는 어찌 혼자만 살아났단 말인가?"

곧장 끌어내 머리를 베도록 하자, 이윽고 머리를 베어 바침으로써 죄인을 벌하였다. 성 밖에 6개의 제단(祭壇)을 설치하라는 명에 따라 세웠으니, 하나는 유정과 두송 총병, 하나는 반종안 감군, 하나는 편장(偏將)들, 하나는 문신들, 하나는 전쟁터에서 죽은 군인과 가정(家丁)들, 하나는 살해된 백성들이다. 웅정필 경략이 직접 추모 제전(祭奠)을 지냈는데, 세 장수의 시신 머리를 모두 바치고 펑펑 울어 그들의 죽음을 애도하였다. 북관(北關)에서 경략이 된 것을 축하하러 오자, 통관(通官: 통역관) 만리후(萬里侯)를 파견하여 후하게 상을 내리면서 그들에게 함께 개원(開原)을 되찾자는데 협력하도록 하였다. 군사들에게 말이 부족하자 말들을 사들였기 때문에 말들에게 사료를 주기 위해 사람을 시켜 사료를 사오도록 하였다. 병장기가 부족하자 장인[工匠]들을 불러 모아 만들도록 하였다. 연변(沿邊)의 돈대(墩臺)가 무너진 것을 모두 수리하도록 하였고, 발군(撥軍: 파발 전하는 군인)과 야불수(夜不收: 정탐병) 가운데 도망간 자들을 모두 불러 보충하도록 하였다. 갑옷 차림에 말을 갖춘 군사들은 이여정(李如楨) 총병과 하세현(賀世賢) 총병에게 나누어 주면서 심양(瀋陽)과 호피역(虎皮驛) 일대를 막으며 지키라고 하였다. 갑옷과 병장기를 갖추지 않은 나머지 군사들은 시국주(柴國柱)가 도맡아 다스리면서 잠시 성을 지키도록 하였다. 한편, 이여정 총병은 적이 개원(開原)을 함락하자 간음하며 술에 빠져 있었기 때문에 적들이 해이해져 돌아가는 것을 요격하지도 재물을 묶어 실어가는 것을 차단하지도 못했고, 적들이 철령(鐵嶺)을 함락하고는 누르하치와 서로(西虜: 몽골)가 황금·비단과 여자들을 뺏으려고 서로 싸우는 기회를 틈타서 잡아 죽이거나 쳐 죽이지도 못했고, 또 서로(西虜: 몽골)의 군대가 3만 명이라고 잘못 보고하여 요동의 백성들을 놀라게 하자, 그를 상소하여 탄핵하고 이회신(李懷信)으로 교체하였다. 그리고 다시 병장기와 군량을 청하고 장수가 될 만한 인재와 군대를 요구하여 요동 전체가 점점 분발토록 하였다.

북관(北關)에서 일찍이 또 보고하러 와 말했다.

"누르하치가 경략이 새로 임명되어 일처리 방식이 제대로 갖추어지지 않은 것을 틈타 병력을 총동원하여 대거 요양과 심양을 쳐들어오려 합니다. 이미 투항한 조선의 장수와 군사들이 빈틈을 타서 변란을 일으킬까 염려해 모조리 죽이려 합니다."

북관이 이를 방비하도록 알렸다. 웅정필 경략이 북관에 회문(回文: 회답 공문)을 보내면서 마음을 다해 나라에 충성하여 협공을 도모하게 하였다. 자신은 다시 구원병을 택하고 병장기들을 정비한 뒤에 주본(奏本: 황제에게 올리는 글월)을 올려 아뢰고 보정(保靖)·마양(麻陽)·영녕(永寧)·유양(酉陽)·영순(永順)·석주(石柱) 등 각지의 병사들을 불렀으며, 또 아뢰고 방비하는 일과 관계된 총병(總兵) 마승은(麻承恩)·유공윤(劉孔胤), 참장(參將) 장명세(張名世), 도사(都司) 장신무(張神武)·장안세(莊安世), 유격(遊擊) 주돈길(周敦吉)을 석방하여 요양(遼陽)에 앞서 가 전투와 수비에 대비하게 하였다. 뜻밖에도 누르하치가 쳐들어올 것이라고 헛소문을 내어 우리의 병마를 속여서 감히 함부로 떠날 수 없도록 한 뒤, 그는 도리어 북관(北關)을 은밀히 도모하여 미리 간세(奸細: 첩자)들을 북관의 영채 안으로 섞이어 들어가게 해놓고서 직접 정예병과 달적(韃賊) 5만 명을 거느리고는 곧장 김태실(金台失)의 영채에 이르렀다. 김태실은 누르하치의 기세가 대단한 것을 보고도 굳게 채책(寨柵: 군사 요새)을 지켰는데, 중국이 지급해준 화기(火器)를 영채 밖으로 쏘아 누르하치의 병사들을 매우 많이 죽였다. 그러나 누르하치의 군사들은 용맹스러워 채책(寨柵)을 붙잡고 기어올라서 성안으로 들어갔고, 미리 들여보낸 간세(奸細: 첩자)들이 성안에서 힘차게 돌진해 나와 반나절도 지나지 않아서 영채를 일치감치 쳐부수었으니 어찌하랴. 김태실은 힘껏 싸웠으나 견디지 못하고 누르하치의 병사에게 죽었고, 그의 아들 득력혁(得力革: 尼雅哈)은 끝내 누르하치에게 사로잡혀 갔다. 백양골(白羊骨)이 누르하치가 쳐들어 온 것을 듣고서 또한 준비하기 시작하여 강궁(強弓: 탄력이 센 화살)과 경노(勁弩: 군센 쇠뇌)를 영채 밖으로 설치한데다가 화기(火器)를 더해놓고는 누르하치의 병사들이 오면 쏘기만을 기다렸다. 그러므로 누르하치의 병사들이 막 이르러 포위하자마자, 백양골의 영채 안에서 이미 불이 나고 함성까지 크게 일어날 줄 누가 알았으랴. 백양골은 사태가 좋지 않음을 알고 누르하치에게 사로잡혀서 굴욕을 받을까 염려하여 결국 불속으로 뛰어 들어가 불에 타 죽었으며, 그의 동생 복아한(卜兒漢)은 누르하치에게 사로잡혔다. 가련하게도 충직하고 순종적인 달자(韃子: 김태실과 백양골)들이 끝내 누르하치에게 해를 입었다.

삼한은 오랫동안 변방의 울타리 튼튼히 하였고	三韓久矣壯藩籬
충순한 달자들은 더욱 세상 사람들 알아보았네.	忠順尤爲世所知
하루아침에 충성심이 불꽃 따라 보이지 않으니	一旦丹心隨焰滅
변방의 구석이 어찌 순망치한의 슬픔을 견디랴.	邊隅何勝齒寒悲

이때 누르하치의 일개 간세(奸細: 첩자)이자 무순(撫順)의 수재(秀才)였던 가조보(賈朝輔)가 13세의 아들과 여덟아홉 명의 가정(家丁: 친위 정예부대의 사병)을 데리고서 은혜에 보답하겠다며 거짓말하였는데, 누르하치가 있는 곳의 허실을 토로하고는 '지금 북관(北關)을 먼저 공격하고 군사를 돌이켜 요양(遼陽)과 심양(瀋陽)에 도달할 것'이라면서 웅정필 경략이 그의 말을 들어주기를 획책하였으니, 바로 요양에 있으며 누르하치를 위해 안에서 호응하려 했던 것이다. 웅정필 경략이 그로 인하여 생각했다.

'누르하치가 남몰래 북관(北關)을 습격하려는 것을 어떻게 알 수 있었으랴, 필경 누르하치가 어떤 일을 위해 부린 사람이로다.'

그래서 비밀리에 가조보(賈朝輔)의 아들에게 한번 자세히 물으니, 아닌 게 아니라 이영방(李永芳)이 누르하치와 상의하여 그를 보내온 것이고, 말과 가정(家丁)들은 역시 이영방의 것이었다. 웅정필 경략이 마침내 보내온 자들을 베었는데, 그들을 벨 때에 가조보(賈朝輔)가 도리어 큰소리쳤다.

"반달만 더 지연되었더라면 나의 대사가 이루어졌을 것이다. 한스럽고 한스럽다."

웅정필 경략이 이미 가조보(賈朝輔)를 죽인 뒤 이여정(李如楨)·이광영(李光榮)·하세현(賀世賢) 세 총병에게 명령을 하달하면서 각자 본부의 인마(人馬)를 데리고 무순(撫順)을 들이쳐 짓이겨놓으라고 큰소리쳤는데, 누르하치로 하여금 병력을 나누고 그의 소굴을 뒤돌아보도록 하여 힘을 다해 북관(北關)을 공격할 수 없게 한 것이니 역시 북관을 구하기 위한 하나의 책략이었다. 세 총병은 명령을 받고 각각 병마와 병장기들을 정돈하여 무순(撫順) 앞에 다다랐다. 누르하치가 이를 알게 되어 생각한대로 먼저 수천 명을 동원해 대적하러 보내니, 때마침 무순관(撫順關) 밖에서 서로 마주칠 수 있었다. 이때 하세현 총병의 병사들은 이미 전쟁을 치른 적이 있었고 자신의 가정(家丁: 친위 정예부대의 사병)들 모두 투항한 오랑캐인데다 능력까지 있었으므로 적들이 오는 것을 보고 용맹을 떨치며 마구 죽였다. 저 두 총병과 그들의 부하들은 달병(韃兵: 몽골병)이 온다는 소식을 듣고 모두 숲속에 숨었는데, 하세현 총병이 재삼 독려해도 앞으로 나오려 하지 않았다. 다행히도 달병들이 숲속에 깃발도 있고 발자취도 있는 것을 보고서 매복(埋伏)이 있을 것으로 여겨 감히 쳐들어가지 못하였다. 때문에 하세현 총병의 군대는 고립무원이 되어 맞아서 대항하기도 어렵게 여기고 깊이 들어가지 못하고 양쪽에서 각자 되돌아가니, 끝내 북관의 사태를 구제할 수 없었다.

궁벽한 변방의 오랑캐는 황제의 깃발 바라나 窮邊屬虜望旌旗
요새의 용맹한 군대는 출정 북소리에 겁내네. 塞上貔貅怯鼓鼙
배불리 먹고 단 한 번의 싸움을 견디지 못하니 飽食不堪攖一戰
그대들 어떻게 임금의 지우를 보답하려는가. 諸君何以答君知

그 당시 연변에 예속된 오랑캐는 남북 양관으로, 왕태(王台)의 자손들이 가장 충성스럽고 순종적이었으며 나라를 위한 마음이 있었으나 이날 누르하치에 의해 격파되었다. 또 재새(宰賽: 몽골 칼카 수령)도 있었는데, 설령 나라를 위한 마음이 없었다 할지라도 강성함을 믿고 누르하치와 대항하여 개원(開原)이 함락될 때 그는 군대를 끌고 와서 누르하치가 약탈한 황금·비단과 여자들을 약탈하려고 대대적으로 공격하였다. 그러나 재새는 어리석었고 누르하치는 교활하였으니 누르하치에게 영채(營寨)를 습격당하여 사로잡혀갔는데, 재새 휘하의 지략이 있고 용맹스런 장관(將官)들을 죽이고 재새만 남겨서 토굴 속에 놓아두고는 사람을 시켜 재새의 부인에게 말하도록 하였다.

"만약 병력을 도와서 함께 천조(天朝: 명나라)를 공격하면 바로 남편을 돌려주겠다."

또한 서로(西虜) 초화(炒花)의 무리가 있었는데 그들도 사람을 시켜 누르하치에게 화친을 맺자고 하였다. 이때부터 하동(河東) 일대는 누르하치에게 후환이 될 말한 자가 한 명도 없었으니, 누르하치가 군사들을 거느리고 깊이 들어올 수 있어서 마음대로 쳐들어와 소란을 피울 수 있었다. 단지 누르하치가 군사들을 돌이켜 요양(遼陽)을 공격한 것을 말하자면, 웅정필 경략이 비록 나라를 위한 참된 마음이었지만, 변경 밖에도 명나라 편인 오랑캐가 없었고 변경 안에도 모두 달자(韃子: 몽골)는 무서워하나 조정에서 보낸 장관(將官)과 병사들을 무서워하지 않았으니, 어떻게 해이하고 문란함을 엄숙하게 바로잡을 수 있었을 것이며, 어떻게 요양(遼陽)을 지켜낼 수 있고 개원(開原)과 철령(鐵嶺)을 도로 찾을 수 있는 방안이 있었으랴.

양호 경략은 요동의 화란이 막 시작했을 때에 책임을 맡았고 웅정필 경략은 요동의 사태가 굉장히 나빴을 때에 책임을 맡았는데, 양호 경략은 뜻밖에도 패배하였으나 웅정필 경략은 오히려 일 년 남짓 요동을 굳게 지키면서 비록 소소한 패배야 있었을지라도 대패에는 이르지 않았으니, 구임관(久任官: 임기에 구애 없이 재직하게 하는 관리)이 되어서는 안 된다고 할 수 없을 것이니, 바로 신상필벌이 그것이다. 진실한 마음으로 일을 맡은 것도 또한 그의 직무에 부끄럽지 않았다고 말할 수 있으니, 끝내 파직시켜 떠나게 한다면 지극히 여한이 남을 것이다.

중국에 배신한 장수와 도망간 관원들이 있었는데도 김태실(金台失)과 백양골(白羊骨)이 목숨 바쳐 죽었다는 것은 중국이 오랑캐보다 나은 것이다.

원문과 주석

遼海丹忠錄 卷一

요해단충록 1

第一回 斬叛夷奴酋濫爵 急備禦群賢伐謀[1]

千古君臣義，顚危不可棄。
熱血須叫呌灑一腔，屍沈馬革[2]夫誰避?
薪[3]何嫌，預謀徙，敝誓令，立爲起。
此身許國家何知，一笑九泉無所悸。
忠不祈，君王鑒，事何煩，史臣記。
男兒自了男兒志，無愧此心而已矣。

從來五倫，第一是君臣。這君臣不消說到爲官受祿上，凡是在王之土，食土之毛[4]的，也便戴他爲君，我就是他的臣了。況是高爵重祿，樂人之樂者，豈可不憂人之憂；食人之祿者，豈可不忠人之事? 但世亂纔識忠臣，那忠臣又有幾等不易識；有一等是他一心爲國。識力又高，衆人見是承

1 伐謀(벌모): 외교로 전쟁을 무산시키는 것. 이것이 전군(全軍)의 병법으로 최상의 전략이 된다. 《孫子》〈謀攻〉에 "그러므로 용병의 상책은 벌모하는 것이다.(故上兵伐謀.)"라고 하였다. 참고로 伐交는 적과 연합하려는 세력을 쳐서 없애는 것을 말하고, 伐兵은 직접 싸워서 이기는 것을 말한다.

2 屍沈馬革(시침마혁): 馬革裹屍. 말가죽으로 자기 시체를 싼다는 뜻으로, 싸움터 나가 살아 돌아오지 않겠다는 결의를 비유적으로 이르는 말. 後漢의 伏波將軍 馬援이 "사나이는 변방의 들판에서 쓰러져 죽어 말가죽에 시체를 싸 가지고 돌아와 땅에 묻히는 것이 마땅하다. 어찌 침상 위에 누워 아녀자의 손에 맡겨서야 되겠는가?(男兒要當死于邊野, 以馬革裹屍還葬耳. 何能臥牀上在兒女子手中耶?)"라고 말한 고사가 전한다.

3 薪(신): 땔나무 함. 춘추시대 楚나라의 어진 재상 孫叔敖가 죽은 지 얼마 안 되어 그의 아들이 몹시 곤궁한 나머지, 몸소 땔나무를 해서 생활을 영위했다는 데서 온 말이다. 蘇軾의 〈次韻王定國謝韓子華過飮〉 시에 "초나라에는 현상 손숙오가 있어, 장성이 천리에 威重했다 하는데, 슬프다 연군 입은 그의 아들은, 땔나무를 지고 해진 신을 신었네.(楚有孫叔敖, 長城隱千里, 哀哉練裙子, 負薪躡破履.)" 하였다.

4 食土之毛(식토지모): 《春秋左傳》 召公 7년의 "땅에서 나는 것을 먹고사는 것이, 누가 군왕의 신하가 아니겠습니까?(食土之毛, 誰非君臣?)"에서 나오는 말.

平, 他卻獨知有隱禍, 任人笑他爲癡爲狂, 他卻開人不敢開之口, 發人不能發之機, 這乃先事之忠。有一等獨力持危, 膽智又大, 衆人都生推托, 他卻獨自爲挽回, 任人笑他爲愚爲憨, 他卻做人不敢做之事, 救人不能救之危, 這乃是後事之忠。這還是忠之有益的。一等當時勢之難爲, 與其苟且偸生, 把一箇降留臭名在千年, 付一箇逃留殘喘于旦夕, 不如轟轟烈烈[5], 與官守爲存亡, 或是刎頭係頸, 身死疆場; 或是冒矢衝鋒[6], 骨碎戰陣。這雖此身無濟于國家, 卻也此心可質之天日。還有一等, 以忠遭疑, 以忠得忌, 鐵錚錚[7]一副肝腸, 任是[8]流離顚沛, 不肯改移; 熱騰騰[9]一點心情, 任是飮刃[10]斷頭, 不忘君父, 寸心不白, 功喪垂成, 一時幾昧是非, 事後終彰他忠藎, 這又是忠之變, 忠之奇。這干忠臣, 歷代都有, 就是我朝, 也不乏人。更經神廟三朝[11], 鼓舞作興, 更覺忠臣輩出, 也只是逆酋奴兒哈赤倡亂之時。

這奴酋[12]原是殘金子孫, 世居遼東塞外建州地方。背枕長白山, 西臨鴨綠江, 人生來[13]都狡猾[14]强悍。國初歸降, 曾封他酋長做都督[15], 其餘部下,

---

5 轟轟烈烈(굉굉열렬): 기백이나 기세가 드높음. 장렬함.

6 冒矢衝鋒(모시충봉): 화살을 무릅쓰고 적진으로 돌격해감.

7 鐵錚錚(철쟁쟁): 굳셈. 강직함. 남보다 뛰어난 모양.

8 任是(임시): 에 관계없이. ~하거나 말거나 마음대로.

9 熱騰騰(열등등): 후끈후끈한 모양. 김이 무럭무럭 나는 모양.

10 飮刃(음인): 몸에 칼날이 꽂힘.

11 神廟三朝(신묘삼조): 神廟는 宗廟라는 뜻이라면, 三朝는 外朝·內朝·燕朝를 일컫는 말로써 외조는 신료들의 사무공간이고 내조는 왕의 정무공간이며 연조는 왕의 생활공간이라 할 수 있는바, 신묘삼조는 종묘사직이라는 의미인 듯.

12 奴酋(노추): 누르하치(Nurhachi , 奴爾哈齊(또는 奴兒哈赤), 1559~1626). 여진을 통일하고 1616년 후금을 세워 칸(汗)으로 즉위하였으며, 명나라와의 크고 작은 전쟁에서 여러 번 대승을 거두어 청나라 건국의 초석을 다졌다. 그가 병사한 후 아들 홍타이지가 국호를 대청으로 고치고 청나라 제국을 선포했다. 조선에서 누르하치를 奴酋로 슈르하치(šurgaci, 舒爾哈齊(또는 速兒哈赤), 1564~1611)를 小酋로 불러 두 사람에게 추장이라는 칭호를 붙인 셈이다.

13 生來(생래): 타고난 성질이나 마음씨.

14 狡猾(교활): 전설 속 동물에서 유래한 말. 간사하기가 이루 말할 수 없는 동물이다.

各授指揮[16]千百戶[17]等官。他遠祖姓佟，也世襲指揮職銜。後來成化[18]間都督董山[19]作亂，萬曆[20]間都督王杲[21]作亂，都發兵剿殺。剿王杲時，他祖爺名喚叫場[22]父塔失[23]，也都效順，爲官兵向守，死於兵火。此時哈赤同兄弟速兒哈赤都年紀小，不能管領部下，遼東總兵李成梁[24]憐他祖父死于王

《山海經》에 등장하는 동물인데, 猾은 뼈가 없는 동물이라서 길을 가다가 호랑이라도 만나면 몸을 똘똘 뭉쳐 조그만 공처럼 변신하여 제 발로 호랑이 입속으로 뛰어들어 내장을 마구 파먹으니, 호랑이가 그 아픔을 참지 못해 뒹굴다가 죽으면 그제야 유유히 걸어 나와 교활한 미소를 짓는다고 한다.

15 都督(도독): 李成梁의 주선으로 명나라로부터 左都督 龍虎將軍의 칭호를 받은 것을 일컬음.

16 指揮(지휘): 衛를 관장하는 指揮使의 약칭으로 정3품직. 1衛는 5,600명의 병사로 각 지역에 편성된 군사단위이다.

17 千百戶(천백호): 千戶와 百戶를 말함. 千戶는 명나라 시대의 각 지역에 주둔하는 衛所制 아래 세습직인 千戶所의 長으로서 軍戶 1,120명을 통솔했으며, 百戶 역시 衛所制 아래 세습직으로, 千戶에 예속된 직으로 軍戶 112명을 거느렸다.

18 成化(성화): 명나라 8대 황제 憲宗의 연호(1465~1487).

19 董山(동산): 누르하치의 5대조로 建州三衛都督을 지냄. 여러 차례 요동을 공격하고 돌아가다 명나라의 成化帝 때인 1467년 광영에 도착했는데, 명나라의 관리가 부락을 정리하라는 말을 하자 칼로 명나라 관리를 해치는 일이 벌어졌고 뒷날 조선의 변경을 침범했기 때문에 명나라의 장군에게 살해당했다.

20 萬曆(만력): 명나라 13대 황제 神宗의 연호(1573~1620).

21 王杲(왕고, ?~1575): 명나라 말기의 건주여진족 두령. 성은 喜塔喇, 이름은 阿古, 출생지는 古勒寨. 청나라 태조 누르하치의 외조부이다. 관직은 建州右部都督을 지냈다. 만력 3년(1575) 李成梁이 군대를 이끌고 건주를 공격했을 때, 그는 사로잡혀 북경에서 능지처참되었다. 그의 아들 阿台는 탈출했지만 그 후 그의 부하들에 의해 살해되었다.

22 叫場(규장): 명나라 때 사람. 建州女眞 수령의 한 사람으로, 福滿의 넷째 아들이자, 누르하치의 할아버지가 된다. 覺昌安 또는 覺常剛, 教場으로도 부른다. 청나라 때 추존하여 景祖翼皇帝라 불렀다. 만력 11년(1583) 손자사위 阿臺가 古埒寨에서 명나라 李成梁의 군대에 포위당하자 아들 塔克世와 함께 성에 들어가 손녀를 데리고 돌아오려 했다. 그러나 성이 함락되자 피살당했다.

23 塔失(탑실): 塔克世 또는 他失. 누르하치의 아버지이다.

24 李成梁(이성량, 1526~1615): 명나라 말의 將令. 자는 汝契, 호는 引城. 遼寧省 鐵坽 출신이다. 조선인 李英의 후예로 遼東의 鐵嶺衛指揮僉事의 직위를 세습해 왔다. 1570년~1591년 연간과 1601년~1608년 연간 두 차례에 걸쳐 30년 동안 遼東總兵의 직위에 있었다. 이 기간에 그는 軍備를 확충하고, 建州女眞 5部, 海西女眞 4部, 野人女眞 4部 등으로 나뉘어 있는 여진의 부족 갈등을 이용하면서 遼東지역의 방위와 안정에 크게 기여

事, 都收他在家, 充作家丁[25], 撫綏他也有恩。這奴酋卻也乖覺[26], 就習得中國的語言, 知得中國的虛實, 博覽書史, 精于韜鈐[27], 武略過人, 弓馬純熟, 後來也得李總兵力, 襲了箇建州指揮。有了官銜, 便可駕馭[28]得人, 他便將舊時部下溫語招撫, 不服的便發兵征討, 海西[29]一帶, 漸已畏服他。

到萬曆十七年, 木札河[30]夷人克五十[31], 他來柴河堡[32]地方擄掠牛馬, 殺

하였다. 1573년 寬甸(遼寧省 丹東) 등에 六堡를 쌓았으며, 1574년 女眞 建州右衛의 수장인 王杲가 遼陽과 瀋陽을 침공해오자 이들의 근거지인 古勒寨를 공격해 물리쳤다. 그리고 建州左衛 女眞을 통제하기 위해 首長인 塔克世의 아들인 누르하치[努爾哈赤, 청 태조, 1559~1626]를 곁에 억류해 두었다. 1580년 이성량의 공적을 치하하는 牌樓가 皇命으로 廣寧城(遼寧省 錦州)에 세워질 정도로 그는 明의 遼東 방위에 큰 공을 세웠다. 1582년 王杲의 아들인 阿台가 다시 군사를 일으키자 古勒寨를 공격해 1583년 함락시켰다. 하지만 이 전투에서 이미 明나라에 歸附했던 누르하치의 아버지와 할아버지인 塔克世와 覺昌安도 阿台를 설득하기 위해 古勒寨에 들어갔다가 明軍에게 살해되었다. 이 사건은 누르하치의 불만을 샀고, 1618년 그가 明과의 전쟁을 선포하며 발표한 이른바 '七大恨'의 첫 번째 항목으로 꼽혔다.

25 家丁(가정): 관원이나 장수에게 소속된 하인이나 사적 무장 조직. 將領에게 소속된 정식 군대 외에 사적 조직으로 만들어진 최측근 친위 정예 부대를 일컫기도 하였다.

26 乖覺(괴각): 재주가 있는 총명한 사람.

27 韜鈐(도검): 군사를 지휘하여 전쟁을 하는 방법을 이르는 말. 병서에 있는 《六韜》와 〈玉鈐篇〉에서 한 자씩 따온 말이다.

28 駕馭(가어): 수레를 마음대로 부린다는 뜻이지만 사람을 마음대로 부리는 것을 나타내는 말로도 쓰임.

29 海西(해서): 海西女眞. 16세기부터 17세기의 明末淸初에 開原, 吉林의 주변에 거주하고 있었던 여진의 집단. 명나라의 지배 아래 있던 여진족은 크게 建州, 海西, 野人의 세 종족으로 구분되었는데 가장 강했던 종족은 해서여진이었다. 해서여진은 다시 예허부(葉赫部), 하다부(哈達部), 호이파부(輝發部), 울라부(烏拉部) 등 네 개의 부족으로 나뉘어졌다. 임진왜란이 발발할 때까지 가장 강한 부족은 예허부였다고 한다.

30 木札河(목찰하): 만주 동부에 여진족인 듯. "목찰하에 유목하며 사는 극오십 등이 시하보를 노략하고 추격하는 기병을 죽이며 지휘 유부를 죽인 뒤 건주로 달아났다.(有住牧木札河部夷克五十等, 掠柴河堡, 射追騎, 殺指揮劉斧, 走建州.)"는 기록을 통해 알 수 있다.

31 克五十(극오십): 만주 동부 河部의 오랑캐 부족. 곧 여진족의 한 부족을 말한다. 누르하치가 극오십을 베여 명나라에 바쳐 상을 내려주기를 청하며 또 오랑캐의 말을 바치면서 그의 아버지와 할아버지가 모두 병화에 죽었음을 알리자 1589년 9월에 도독첨사로 임명되었고 1595년에 龍虎將軍이라는 칭호를 받았다.

32 柴河堡(시하보): 만주 땅의 오랑캐 부족의 지명. 옛 하다부(哈達部) 남쪽에 있는 곳으로 누르하치가 대규모 개간을 벌였다고 한다.

壞軍民, 守堡指揮劉斧督兵追捕, 不防他躱在溝中, 跳將出來, 一箭把一箇劉指揮射死, 驚散追兵。後來合夷漢兵去討他, 克五十猛勇, 官兵不敢進, 虧得奴酋父子兵來, 見了笑道: "這幾箇毛韃[33], 尙不敢敵他, 待我來!" 止住衆兵, 躍馬出戰, 不一刻斬了克五十, 倂他部下獻功[34]。

斬叛著微勞, 饑鷹暫就絛。
西風若相借, 肯憚九天高。

總鎭[35]奏了他的功績, 朝議加[36]他做都督[37]。此時遼東邊上韃子, 止得王台[38]子孫南關[39]猛骨孛羅[40]・北關[41]金台吉[42], 是都督。他如今與兩關[43]一般, 官職已是大了, 又許他鈐束毛憐[44]建州[45]各衛, 他得倚勢欺壓各部。且

33 韃(달): 韃子. 서북쪽 변방의 오랑캐. 과거에 몽골을 중국 명나라에서 이르던 말이다.

34 獻功(헌공): 전쟁에 이겨서 전리품을 헌납함.

35 總鎭(총진): 總兵. 품급이 없는 무관직. 군사의 편제, 통솔 등 군무를 통괄하였다.

36 加(가): 加資. 임기가 찼거나 근무 성적이 좋은 관원들의 품계를 올려주는 일. 반란을 평정하는 일이 있을 경우에 주로 행하였다.

37 都督(도독): 정확히는 都督僉事임.

38 王台(왕태, 1548~1582): 海西女眞 하다부(哈達部)의 수장 萬汗을 명나라에서 부르던 말.

39 南關(남관): 鎭北關이 開原의 북쪽에 있어서 北關이라고 불렸고 廣順關이 진북관보다 남쪽에 위치해 있어서 南關이라고 불렸기 때문에, 명나라는 광순관의 동쪽에 있는 하다부(哈達部)를 이르는 말.

40 猛骨孛羅(맹골패라): 王台의 차남. 왕태가 죽은 후에 평소 남관과 원수지간이었던 해서여진 예허부(葉赫部) 북관의 淸佳砮와 楊吉砮로부터 여러 차례 공격을 받았다. 멍거블루(蒙格布祿, 孟格布祿)로도 표기되었다.

41 北關(북관): 鎭北關이 開原의 북쪽에 있어서 北關이라고 불렸고 廣順關이 진북관보다 남쪽에 위치해 있어서 南關이라고 불렸기 때문에, 명나라는 진북관의 동쪽에 있는 예허부(葉赫部)를 이르는 말.

42 金台吉(김태길, gintaisi): 해서여진의 동예허(東葉赫) 貝勒. 누르하치의 8남인 홍타이지(皇太極)의 외삼촌이다. 金苔石, 金台石, 錦台什, 金台什, 金召石, 金台時, 金他實로도 표기되었다.

43 兩關(양관): 鎭北關과 廣順關을 이르는 말. 진북관은 開原의 북쪽에, 광순관은 개원의 동쪽에 설치된 관문이었다.

又因斬克五十時, 窺見官兵脆弱, 更有輕中國心, 據山做箇老寨, 這山四面陡絶, 人不可攻。老寨皆是峻嶺高山, 左首立一董古寨, 右首立箇新河寨, 面前排列著閻王・牛毛・甘孤裡・古墳・板橋・柳木等六寨, 將本地出貂鼠皮・人參, 交易中國外夷金銀糧米, 好生[46]富饒, 所以兵精糧足[47]。近著他的部夷, 如張海[48]・兀喇[49], 都已遭他呑併; 便遠些的, 他寨中出有蜂蜜, 他收來和面, 做成乾糧[50], 先期與這八箇兒子屛退從人計議。各領一支人馬, 或做先鋒, 或做後隊, 或做正兵[51], 或做奇兵[52], 恰似風飛雷發, 人不及知, 早已爲他殺害。只是他雖殘殺部屬, 還未渡大江[53]。

到萬曆二十九年, 他乘南北兩關相爭, 他竟助北關擄了南關都督猛骨孛羅, 已直臨開原[54]邊地了。後來又將孛羅殺死, 只存得兩箇兒子, 朝廷宣諭[55], 責他擅殺, 他不得已, 還他次子革庫[56]管理南關, 把他長子吾兒忽答[57]

---

44 毛憐(모린): 毛憐衛. 명나라가 女眞을 누르기 위하여 東北 지방에 설치한 衛所.

45 建州(건주): 建州衛. 명나라 초기에 두만강과 압록강 유역 남만주 일대의 여진을 招撫하기 위하여 永樂 원년(1403)에 설치한 衛所. 兀良哈의 추장 阿哈出(또는 於虛出)이 영도하였으며, 영락 3년(1405)에 斡朶里의 童猛哥帖木兒가 입조하여 建州衛都指揮使가 되었으나, 그 후 建州左衛가 설립되었다. 건주좌위는 동맹가첩목아가 죽은 후에 다시 좌우위로 분리되어, 건주위는 建州本衛와 建州左衛・建州右衛의 3衛로 되었다.

46 好生(호생): 대단히. 충분히.

47 兵精糧足(병양정족): 병사가 잘 훈련되고 군량도 넉넉함. 만반의 전쟁 준비가 갖추어짐을 이르는 말이다.

48 張海(장해): 누르하치가 阿台의 난이 있자 동방으로 달아나면서 북쪽으로 여러 추장을 쳤을 때 패한 인물.

49 兀喇(올라): 1589년 9월에 누르하치는 용호장군이란 칭호를 받고 東夷에서 과시하여 세력이 더욱 강해져서 활쏘는 군사가 수만이나 되었는데, 1612년 겨울에 그의 동생 수르하치를 죽인 뒤 그 군사를 병합하여 여러 추장을 쳤을 때 패한 인물.

50 乾糧(건량): 먼 길을 가는 데 지니고 다니기 쉽게 만든 양식.

51 正兵(정병): 정공법으로 싸우는 군대.

52 奇兵(기병): 전쟁에서 기이한 꾀를 써서 적을 기습적으로 치는 군대.

53 大江(대강): 長江. 양자강.

54 開原(개원): 중국 遼寧省 瀋陽 북동쪽의 현.

55 宣諭(선유): 임금이 신하에게 당부하는 말이나 글을 다른 신하가 읽어서 전해주는 것을 말함.

56 革庫(혁고): 海西女眞 하다부(哈達部)의 수장 萬汗 王台의 손자이자, 왕태의 5남 猛骨

招做女婿, 留在自己寨裡。蓋因他地方山險, 不能屯種[58]。南關地方膏腴, 有以耕植, 故此要做撫養吾兒忽答爲名, 占他地土。延至三十八年, 他竟著兒子莽骨大[59]修築南關寨柵[60], 擅入靖安堡[61], 結連西虜宰賽[62]·煖兎[63], 窺伺開原·遼陽[64]。恰値熊廷弼[65]巡按遼東, 知他奸狡强横, 異日必爲邊患, 上本[66]要撫北關, 作我開原屛蔽[67], 收撫[68]宰賽·煖兎, 離他羽翼[69]。

孛羅의 둘째 아들. 革把庫로도 표기되었다.

57 吾兒忽答(오아홀답): 海西女眞 하다부(哈達部)의 수장 萬汗 王台의 손자이자, 왕태의 5남 猛骨孛羅의 첫째 아들. 누르하치의 딸 莽古濟(1590~1635)의 남편이다. 吳尔古代로도 표기되었다.

58 屯種(둔종): 屯墾. 변방이나 군사요충지에 주둔하여 수비하는 한편 땅을 개간하여 농사를 지어 군량에 충당하는 것.

59 莽骨大(망골대): 누르하치의 다섯째아들 莽古爾泰(1587~1632)를 가리킴. 누르하치 생전에 큰 공을 세운 이른바 四大貝勒이라는 집단이 있는데, 大貝勒 다이샨(代善: 누르하치 차남), 二貝勒 아민(阿敏: 슈르하치의 차남, 누르하치의 조카), 三貝勒 망굴타이(莽古爾泰: 누르하치의 5남), 四貝勒 황타이지(皇太極: 누르하치의 8남)에 속했던 인물이다.

60 寨柵(채책): 산악지대에 지형을 이용해 건설한 군사 요새를 가리킴.

61 靖安堡(정안보): 開原에서 동쪽으로 40리 떨어진 곳의 보. 지금 鐵嶺市 淸河區에 있는데, 청나라 때는 尙陽堡로 불렸다.

62 宰賽(재새): 몽골어 자이사이(Jayisai)를 한자로 음차하여 표기한 것. 17세기 초 몽골 喀爾喀(칼카)部의 수령. 그는 명나라와 통교하면서도 요동 변방을 침입하였으니, 1605년에는 명나라 변방을 침입하여 慶雲堡 守禦 熊鑰을 죽였다. 1619년 후금의 누르하치가 명나라 鐵嶺을 공격하자, 그는 명나라 군대를 원조하러 자루드(Jarud)部의 박(Baγ), 바야르트 다이칭(Bayartu dayičing), 세분(Sebün) 등과 20여 명의 타이지(tayiji)의 10,000군대를 이끌고 왔다. 누르하치의 만주군대와 싸웠지만 패배하여 자기 아들 세트겔(Sedkil)·히식트(Kisigtü) 등 10여 명의 관리 및 150여 병사와 함께 누르하치에게 붙잡혔다. 누르하치는 오래지 않아 재새의 두 아들을 석방하였으며, 1621년에 재새의 자식들이 부친을 위하여 소와 양을 10,000마리나 내놓자 재새도 석방하였다.

63 煖兎(난토): 暖兎로도 표기됨. 《明史》(四庫全書 本, 浙江大學)에는 諾木圖로 기재되어 있는 것으로 보아, 몽골 우익의 3번째 수령 諾延達喇(1522~1572)의 차남 諾木圖古稜인 듯. 몽골은 '준가르'라고 불린 좌익(동부)은 차하르, 칼카, 우랑카이의 3개 部가 속했고, '바룬가르'라고 불린 우익(서부)은 오르도스, 투메트, 코르친의 3개 部가 속했다.

64 遼陽(요양): 중국 遼寧省 중부에 있는 지명.

65 熊廷弼(웅정필, 1569~1625): 중국 명나라 말기의 장군. 자는 飛百, 호는 芝岡. 遼東經略으로서 후금에 맞서 요동의 방위에 공을 세웠다. 그러나 1622년 王化貞이 그의 전략을 무시하고 후금을 공격하였다가 크게 패하자 廣寧을 포기하고 山海關으로 퇴각하였으며, 그 책임을 뒤집어쓰고 1625년 억울하게 처형되었다.

四十年, 他兄弟速兒哈赤[70]是箇忠順人, 屢次勸他不要背叛中國, 自取夷滅[71]。哈赤惱了, 一日請他寨中吃酒, 叫心腹韃子哈都將他腦後一錘打死。那邊奴酋兒子洪太[72]·貴永哥[73], 將他寨圍住, 金帛子女, 一齊抄擄, 把他部下韃子都收入部下。 長子洪巴兔兒也[74]屢屢勸他盡忠, 不要侵犯中國, 奴酋也把來囚在寨中。

---

66 上本(상본): 아뢰는 글을 올림.

67 屛蔽(병폐): 장벽. 차폐

68 收撫(수무): 적이나 叛徒를 귀순케 하여 복종시킴.

69 羽翼(우익): 어느 편을 돕거나 지지하는 세력 또는 사람을 일컫는 말.

70 速兒哈赤(속아합적): 슈르하치(Šurhaci, 舒爾哈齊, 1564~1611). 청나라 초기의 황족으로 탑극세(塔克世, taksi)의 3남이자 누르하치의 동복동생이다. 형인 누르하치를 따라 전쟁에 참가하고 건주여진의 군사를 통솔하는 등 전공을 세웠으나 형과 알력이 생겨 형에 의해 감옥에 구금되었고 후금이 세워지기도 전에 1611년 48세의 나이로 사망하였다. 小羅赤, 小乙可赤으로도 표기되었다. 원문에는 1612년으로 되어 있다.

71 이 당시 슈르하치는 자신의 딸을 명나라의 遼東總兵 李成梁의 아들 李如柏에게 시집보내어 우호적인 관계를 맺고 있었음.

72 洪太(홍태): 홍타이지(洪太時 또는 皇太極, Hongtaiji, 1592~1643). 누르하치의 여덟째아들. 1626년 태조가 죽자 後金國의 칸[汗]으로 즉위하고 이듬해 天聰이라 改元하였다. 1635년 내몽골을 평정하여 大元傳國의 옥새를 얻은 것을 계기로 국호를 大淸이라 고치고, 崇德이라 개원하였다. 1636년에는 명나라를 숭상하고 청나라에 복종하지 않는 조선을 침공하였으며, 중국 본토에도 종종 침입하였으나, 중국 진출의 꿈을 이루지 못한 채 죽었다.

73 貴永哥(귀영가): 다이샨(代善, daišan, 1583~1648). 누르하치의 둘째아들. 명나라 장수 劉綎을 이기고, 조선의 姜弘立을 항복시킨 인물이다. 4대 貝勒의 일원이었고, 正紅旗의 수장이기도 하였으며 후금 시기에 주력군을 이끌고 활동하여 전공이 많았다. 인품과 처세술이 뛰어나 홍타이지가 칸(汗)으로 등극한 이후에 또 다른 권력자였던 阿敏이나 莽古爾泰와는 달리 극진한 예우를 받았다. 貴永介, 貴盈哥로도 표기되었다.

74 洪巴兔兒也(홍파토아야, Hūng Batueu): 누르하치의 적장자 褚英(1580~1615)이 1598년에 야인여진(동해여진) 와르카(瓦爾喀, Warka)의 안출아쿼(安楚拉庫路, Anculakū) 부락을 공략하고, 누르하치로부터 큰 용사(洪巴圖魯, Hūng Batueu)라는 뜻으로 하사받은 칭호. 다이샨(代善)의 친형이다. 1607년에는 와르카 표성을 공략하고 귀환하면서 울아(烏拉, Ula)의 부잔타이(布占泰, Bujantai)의 병력 1만을 격파하고, 책략이 많은 용사(阿兒哈兔土門巴圖魯, Argatu Tumen Baturu)의 칭호를 하사받았다. 1612년에 누르하치는 본격적으로 울아 정벌을 시작하면서 褚英을 집정으로 암바 버이러(Amba Beile, 大貝勒)에 봉하지만 형제와 개국오대신 등을 협박한 것이 탄로가 나서 실각했고, 후에는 누르하치를 저주한 것이 측근들의 고발로 알려져 1613년 3월에 유폐된 뒤로 1615년 8월 22일에 처형되었다.

四十一年, 他又去謀害女婿魚皮[75]・韃長酋長卜台吉[76], 台吉道: "勢孤, 抗他不得." 領了部下逃到北關都督金台吉部下。不知這奴酋正有意要圖北關, 就借此爲名, 起兵與北關仇殺。一日著兒子分路領兵擄掠北關地面, 將他寨柵焚毁了一十九座。總督是薛尙書[77]之子, 道: "前日不救南關, 使猛骨孛羅遭建酋殺害, 已爲失策。今日若不救北關, 使被他呑併, 一來失開原屛蔽, 二來失北關平日向化之心[78], 三來長奴酋跋扈之氣." 建議增兵四千, 在開原各堡屯紮[79], 以援北關, 制奴酋。又翟御史鳳羽[80]巡按遼東, 他熟觀事勢, 道: "目前之局, 要急救北關, 以完開原." 上本請添兵駐紮淸河[81]・撫順[82], 與奴酋巢穴相近, 以牽他肘腋[83], 使他不敢妄動。開原參議

---

75 魚皮(어피): 李民寏의 《紫巖集》〈建州見聞錄〉에 "사위는 얻, 잘고치, 표응고, 올고태다. 나머지는 자세하지 않다.(女壻於斗, 者乙古赤, 表應古, 亢古歹. 其餘未詳.)"라고 되어 있음.

76 卜台吉(복태길): 부잔타이(bujantai, 卜只剌台吉 또는 布占泰). 1593년 몽골의 9부족이 누르하치를 포위하려다 패전한 울라(烏拉)의 인물이다. 그는 누르하치에게 사로잡혀 인질 생활을 하다가 형 만타이가 내분으로 죽게 되자 누르하치의 후원으로 귀국하여 울아의 國主가 되었다. 그는 누르하치의 인질 생활을 할 때 누르하치의 친동생 슈르가치의 딸 온저와 혼인하였고, 온저 외에도 슈르가치의 딸인 어시타이, 누르하치의 딸인 무쿠시와도 혼인하였다. 그 또한 형 만타이의 딸인 아바하이(阿巴亥)를 누르하치에게 시집보냈는데, 이 아바하이가 누르하치의 4번째 황비이며 아지거(阿濟格), 도르곤(多爾袞), 도도(多鐸)의 친모이다. 1612년 당시 부잔타이는 야인여진(동해여진)의 패권을 두고 누르하치와 격돌하며 여러 번의 항복과 반항을 거듭하다 결국 건주위의 라이벌 부족 예허에게 투항했다. 누르하치는 예허 부족장에게 부진타이의 송환을 요구했지만 거부당하자, 마침내 예허 공격에 나선다.

77 薛尙書(설상서): 1612년 9월에 薊遼總督이었고, 1613년 당시에는 兵部右侍郎이었고, 1618년 누르하치가 撫順을 점령했을 때는 兵部尙書이었던 薛三才(1555~1619)를 가리킴.

78 向化之心(향화지심): 귀화하려는 마음. 向化는 다른 나라에 정복당한 백성이 그 나라 임금의 덕에 감화되어 그 나라 백성이 됨이 이르던 말이다.

79 屯紮(둔찰): 주둔함.

80 翟御史鳳羽(적어사봉우): 翟鳳羽(1577~1634). 明末의 大臣. 河南道御史, 遼東巡撫, 山西按察使를 역임하였고, 병부상서에 추증되었다.

81 淸河(청하): 중국 遼寧省 鐵岭市에 있는 지명.

82 撫順(무순): 중국 遼寧省 중부에 있는 탄광 도시.

83 肘腋(부액): 팔꿈치와 겨드랑이를 아울러 이르는 말. 어떤 것이 자신의 몸 가까이에 있다는 뜻이다.

薛國用[84]又道: “兩關地極沃饒, 建州多山, 不大可耕種。不若令奴酋退還原占南關所轄三岔·撫安·柴河·靖安·白家衝·松子六堡, 則奴酋雖然強大, 不得不向清河·撫順求糴。這便我有以制奴死命[85], 奴酋緣何敢妄想開原?” 這時撫臣[86]還怕失哈赤心, 不欲, 是薛參議抗議[87], 說撫安是鐵嶺[88]要害, 斷不可失。就因翟御史巡按清河, 立了界碑。又撫按[89]會議, 把撫順守備改做遊擊, 與淸河遊擊各統兵一千, 若奴酋出兵攻打北關, 便會同遼陽, 出兵直搗他巢穴。這雖不錙銖[90]爲北關, 卻是保全北關良法。中朝佈置已定, 果然這奴酋要窺伺開原, 卻當不得北關屛蔽在邊, 要跳過他入犯, 怕是首尾夾攻; 欲待先除北關, 又怕北關一時未下, 清撫兵已入他穴中, 這便首尾失據, 只得詐爲恭順。有他部下夷人朶爾[91]入邊搶掠, 他都斬首來獻, 要怠緩我中國防他的心。他的心腸何嘗一日忘了中國, 忘了北關, 只是要相時而動[92], 正是:

網張鷙鳥[93]姑垂翅, 檻密豺狼且斂威。

---

84 薛國用(설국용, 1573~1621): 明末에 楊鎬, 熊廷弼、袁應泰 이후 遼東經略을 맡은 인물. 開原과 赤城의 都僉事, 分守遼海道 左參政 등을 역임하였다.

85 死命(사명): 생사의 기로에 선 목숨.

86 撫臣(무신): 巡撫使를 달리 이르는 말.

87 抗議(항의): 못마땅한 생각이나 반대의 뜻을 주장함.

88 鐵嶺(철령): 중국 遼寧省 瀋陽의 북동쪽에 있는 지명.

89 撫按(무안): 明淸 시대 때 巡撫와 巡按의 합칭어로 쓰임.

90 錙銖(치수): 아주 가벼운 무게를 이르는 말. 옛날 중국의 저울눈에서 기장 100개의 낱알을 1수, 24수를 1냥, 8냥을 1치라고 한 데서 유래한다.

91 朶爾(타이): 미얀마의 샨 高原에서 인도차이나 북부의 산지와 중국의 雲南省의 산지에 걸쳐 거주하는 싼족. 타이야이(Thai-yai)·파이이(Pay-y)라고도 하는데, 중국에서는 탐(撢)·파이(擺夷)·백이(白夷)라고도 하였다.

92 相時而動(상시이동): 《春秋左氏傳》 隱公 11년 조의 “시세를 살펴 움직여서 후손에 누가 없게 하였으니 예를 안다고 말할 수 있다.(相時而動, 無累後人, 可謂知禮矣.)”에서 나오는 말.

93 鷙鳥(지조): 매나 독수리 따위와 같이, 성질이 사납고 육식을 하는 날짐승을 통틀어 이르는 말.

以夷攻夷[94], 古亦嘗用之。顧唐用回紇[95]攻安史[96], 究亦受回紇之禍; 遼以阿骨打[97]攻阿速[98], 究起阿骨打之戎心[99]。且爲我用, 固有石砫司[100]之效忠, 不爲我, 又有水藺[101]之隱禍。而廣寧[102]之倚西虜, 竟亦爲充饑之畫

94 以夷攻夷(이이공이): 오랑캐로 오랑캐를 친다는 뜻으로, 어떤 적을 이용하여 다른 적을 제어함을 이르는 말.

95 回紇(회흘): 위구르(Uigur)의 音譯語. 몽골 고원에서 일어나 뒤에 투르키스탄 지방으로 이주한 터키계의 유목 민족.

96 安史(안사): 安祿山과 史思明. 당나라 玄宗 때 절도사로서 난을 일으켰던 인물이다. 朔方軍과 위구르[回紇] 원군의 도움으로 안사의 난이 종결되었다.

97 阿骨打(아골타, Akuta, 1068~1123): 金나라의 초대 황제 完顔旻의 女眞 이름. 完顔劾里鉢의 둘째 아들로, 按出虎水(하얼빈 동남방) 완안부 출생이다. 阿古達로도 표기되었다.

98 阿速(아속): 중국의 흑룡강성 하얼빈시 依蘭縣의 音譯語. 牙蘭, 伊蘭으로도 표기되었다.

99 戎心(융심): 적국을 침입하려는 야심.

100 石砫司(석주사): 石砫는 石潼關과 砫蒲關에서 유래한 것으로, 석주사는 秦良玉(1574~1648)을 가리킴. 石砫宣撫司 馬千乘의 아내로 묘족 출신이다. 마천승은 한나라 伏波將軍 馬援의 후예이다. 그녀는 남편을 도와 白桿兵을 조직하여 이끌고 抗清, 勤王, 剿匪 등 여러 전투에 참가한다. 1599년 播州에서 楊應龍의 반란을 평정하는데 공을 세워 女將軍으로 일컬어지기 시작하였다. 1613년 마천승이 피살되어 죽자, 조정에서 진양옥이 적을 평정한 공이 있는지라 남편의 직무를 대행하게 하였다. 1620년에는 아우 秦邦屛에게 3천여 명의 백간병을 이끌고 遼寧省 瀋陽으로 가 渾河의 전투에 참여하여 遼를 구원하도록 했는데 동생들은 힘써 싸우다 전사하였다. 1621년에는 직접 병사들을 이끌고 후금을 방어하고 榆關을 지켰다. 1621년 9월 四川省의 重慶, 成都, 瀘州 등지에서 奢崇明의 반란을 토벌하는데 공을 세우자, 희종은 四川都督僉事 겸 總兵官으로 임명하고 一品夫人으로 봉했다. 1634년에는 張獻忠이 사천성에 들어오자 아들과 함께 夔州에서 방어하고 물리친 공으로 二品誥命夫人으로 봉해졌다. 1644년에 장헌충이 다시 사천에 들어오자 石砫를 근거지로 자신을 보호했다.

101 水藺(수인): 貴州省의 水西와 四川省의 藺州를 가리킴. 수서는 貴州省 鴨池河以西 지역, 威寧과 赫章 두 縣을 제외한 현재의 畢節地區의 대부분과 六盤水市 포함된다. 인주는 四川 분지 남쪽과 雲貴 고원 북쪽 지점에 위치한 곳이며, 서쪽으로는 敍永縣과 동남북쪽으로는 貴州省의 畢節, 仁懷, 그리고 四川의 赤手와 교차 지역이다. 당나라 때 藺州가 처음 설치되었고, 원나라 때에 이르러 四川行省 永寧路에 속했으며, 명나라 때에 永寧長官司, 永寧安撫司 등에 예속되어 있다가 청나라 1727년 永寧縣에 편입되었다. 天啓연간(1621~1627)에 四川 永寧(지금의 敍永) 宣撫使 奢崇明과 貴州 水西(지금의 大方一帶) 宣慰司 同知인 安邦彦이 叛亂을 일으켰다. 사숭명은 1621년 9월에 重慶에서 起兵하여 成都를 100여 일간 포위하였다. 안방언은 1622년 2월에 起兵하여 貴陽을 200여 일간 포위했다. 이후 사숭명이 패하여 水西로 달아나 이들은 合流하여 1629년까지 전후 9년간에 걸쳐 난을 일으켰다.

餅[103], 則亦非長策也。謀國恃于人, 而毋恃人。

徙薪[104]之謀, 蓋亦多人, 而究有爛額[105]之慘, 則不能無恨于守土[106]者也。

---

102 廣寧(광녕): 廣寧城. 중국 遼寧省 北鎭에 있는 성.

103 充饑之畫餅(충기지화병): 畫餅充饑. 그림의 떡으로 굶주린 배를 채움. 곧, 이름뿐이고 실속이 없음을 일컫는다.

104 徙薪(사신): 曲突徙薪. 굴뚝을 구부리고 아궁이 근처의 땔나무를 옮긴다는 뜻으로, 재앙의 근원을 미리 방지함을 이르는 말.

105 爛額(난액): 焦眉爛額. 눈썹에 불이 붙어 이마를 덴다는 뜻으로, 매우 위급함을 이르는 말.

106 守土(수토): 지방 장관. 국경을 지키는 병사.

第二回 哈赤計襲撫順 承胤師覆清河

上策伐謀，中設險[1]，重關百二[2]。憑高望，烽連堠接，豈云難恃? 恠是帷中疏遠略，軍罷帥債先披靡[3]。等閒間，送卻舊江山，無堅壘。

嗟紅粉，隨胡騎，盼金繒，歸胡地。剩征夫殘血，沙場猶漬。淚落深閨[4]飛怨雨，魂迷遠道空成祟。想當年方召[5]亦何如，無人似。

右調《滿江紅[6]》

想國家爲邊隅計，極其周詳，卽如遼東，河東以鴨綠江爲險，淸河・撫順爲要害，設城宿兵，聯以各堡，烽火相接。又于遼陽之北，建立開原・鐵嶺・瀋陽三鎭，遼陽之東，建立寬奠[7]一鎭，濱海有金復海蓋[8]四衛，輔車相依[9]，臂指相應，豈曰無險? 又每堡有兵，領以守備，其餘要害處，宿以重

---

1 設險(설험): 요해처에 방비시설을 함.

2 百二(백이): 방어가 튼튼하여 난공불락의 요새지를 일컫는 말. 원래 秦나라의 函谷關이 險固하여 2만 명으로 제후의 100만 군대를 막을 수 있다.(秦得百二焉)는 말에서 비롯되었다.

3 披靡(파미): 초목이 바람에 쓰러지듯, 군대가 패하여 흩어져 달아남을 이르는 말.

4 深閨(심규): 여자가 거처하는, 깊이 들어앉은 방이나 집.

5 方召(방소): 周나라 宣王 때의 어진 장수인 方叔과 召虎. 방숙은 荊蠻을 평정하였고, 소호는 淮夷를 평정한 일이 있다. 전하여 나라의 중신을 뜻하는 말로 쓰인다.

6 滿江紅(만강홍): 송나라에서 생긴 詞曲의 한 체제. 上江虹・念良遊・傷春曲 등의 별칭이 있다.

7 寬奠(관전): 寬奠堡. 여진족의 침입을 방비하기 위하여 1573년 변장 李成梁에 의해 축조된 군사시설. 중국 遼寧省 丹東市 寬甸에 있었다.

8 金復海蓋(금복해개): 金州, 復州, 海州, 蓋州를 합하여 일컫는 말. 遼東의 모든 산이 여기에서 나아간다고 한다. 모두 奉天府에 속해 있었다. 北元의 遼陽省平章 劉益 등이 1371년에 명나라에 투항하면서 가지고 온 땅으로, 유익은 定遼都衛指揮使司가 되었다.

9 輔車相依(보거상의): 수레에서 덧방나무와 바퀴처럼 뗄 수 없다는 뜻으로, 서로 돕고 의지함을 이르는 말.

兵, 領以參遊[10], 監以守道 · 巡道[11], 總鎭[12]處控制以巡撫總兵, 難道無人。只是成平[13]日久, 各堡額兵, 半爲將領隱占[14], 便有幾箇, 也不曉得什麽是戰, 什麽是守, 身邊器械, 無非是些鈍戟鏽刀, 見幾箇賊人來, 掩一掩堡門, 放一把火, 竪一桿號旗[15], 便了故事。這原是不堪戰的, 卻亦不堪守。堪戰的不過是遊兵 · 標兵[16], 卻內中也有隱佔。原無足數, 時常操練, 也只應名。就是幾箇零星韃賊入境, 也畢竟讓他去了, 後邊放幾箇砲, 趕一趕了事[17], 也不曾經戰陣, 也是沒帳黃子[18]。所恃是有幾箇留心邊務的文武, 不顧情面, 淸隱佔[19], 使兵無虛冒[20], 汰老弱, 使兵多精悍。又時時比驗他武藝, 看驗他器械, 鼓他的意氣, 又不去科斂[21], 極其撫綏, 結之以恩, 然後有罪必刑, 加之以威。如此地利, 得人和可守。無奈武官常受制文官, 只顧得剝軍奉承[22]撫按司道, 這些撫按養尊[23], 不肯做操切[24]的事, 邊道[25]一年

---

10 參遊(참유): 參將과 遊擊의 합하여 일컫는 말. 참장은 명나라 때 總兵과 副總兵의 아래 직급에 해당하는 武官이며, 유격은 遊擊將軍으로 참장의 아래 직급에 해당하는 무관이다.

11 守道巡道(수도순도): 左右參政과 參議, 副使와 僉事. 布政使 아래에 설치한 左右參政과 參議는 특정 장소에 주둔하기 때문에 수도라 불리고, 또 按察使 아래에 설치한 副使와 僉事 등은 특정 장소로 나뉘어 순찰하기 때문에 순도라 불린다.

12 總鎭(총진): 本鎭의 군무를 담당하는 군대.

13 成平(성평): 承平의 오기.

14 隱佔(은점): 隱占. 변방에 파견된 관원들이 함부로 衛所軍을 사역시켜 자기의 私人처럼 만들거나, 屯田을 사유화하여 토지를 점유하는 것을 일컫는 말.

15 號旗(호기): 신호를 위하여 사용하는 깃발.

16 標兵(표병): 標下軍. 大將이나 각 長官의 수하 친위부대.

17 了事(요사): (주로 철저하지 못하거나 부득이하게나마) 사건을 마무리 지음.

18 沒帳黃子(몰장황자): 混帳黃子의 오기. 청나라 李汝珍의 〈鏡花緣〉 제68회에서 "저 양심도 없는 개자식!(這沒良心的混帳黃子!)"라고 나오며, 黃子는 東西와 같은 뜻이다. 混帳은 원래 帳簿의 계산을 뒤죽박죽으로 만들어 여러 사람을 피곤하게 하는 놈이란 뜻으로 생긴 단어인바, 여기서는 '망할 놈' 또는 '개자식'으로 쓰였다.

19 淸隱佔(청은점): 〈張居正答應天巡撫宋陽山書〉에 "청은점은 평민이 완전히 변상해야 하는 부담으로부터 벗어나 자신의 본업을 지킬 수 있다.(淸隱佔, 則小民免包賠之累, 而得守其本業.)"라고 한데서 나온 말. 淸隱占으로도 쓰인다.

20 虛冒(허모): 거짓으로 법을 어김. 허위로 조작함.

21 科斂(과렴): 추렴함. 징수함. 할당하여 거둠.

22 奉承(봉승): 아첨함. 비위를 맞춤.

作一考, 只顧得望陞, 得日過日, 那箇實心任事? 此所以一有變故, 便到不可收拾。

當日遼東這幾箇留心地方的撫按去了, 見任的巡撫是李維翰[26], 總兵是張承胤[27], 見歇了年餘, 不見動靜, 也便不在心上。這時是萬曆四十六年四月, 例該撫賞[28], 不料哈赤設下計策, 十五日先著些部下夷人來領賞, 自己帶了些人馬, 悄悄隨在後邊。這日守撫順遊擊姓李, 名永芳[29], 他循著舊例, 帶了些從人出城撫賞。方纔坐得定, 只聽[30]得一聲喊起, 趕上幾箇韃子, 早把李遊擊按番綑[31]了。

紛紛金繒委氈裘[32], 自擬和戎有勝籌。

---

23 養尊(양존): 養尊處優. 풍요로운 생활을 누림. 귀하고 부유한 환경에서 생활함을 가리킨다.

24 操切(조절): 법령을 엄하게 지켜 백성을 억누름.

25 邊道(변도): 변경지역의 관원.

26 李維翰(이유한, 생몰미상): 명나라 말의 정치인. 1592년 진사가 되어 遼東巡撫를 지냈다.

27 張承胤(장승윤, ?~1618): 張承蔭이라고도 함. 누르하치가 撫順城을 함락하자, 그는 무순성을 구원하려고 1만 병력을 이끌고 달려갔으나, 누르하치의 팔기군에 궤멸당하고 자신의 부하 지휘관들과 함께 전사했다.

28 撫賞(무상): 正賞. 京師에 도착한 來朝者 전원에게 신분에 따라 채단과 絹, 紵紗 등을 賜給함을 가리키는 것. 여진의 服屬에 대한 종주국의 返禮를 의미하였는데, 그 외에도 조공한 여진인은 경사의 市街에서 자유로이 私貿易을 행하여 생필품을 구매할 수 있었다.

29 永芳(영방): 李永芳(?~1634). 누르하치의 무순 공격 당시 투항한 명나라의 장수. 1618년 누르하치가 무순을 공격하자 곧장 후금에 투항하던 당시 명나라 유격이었는데, 누르하치는 투항에 대한 보답으로 그를 三等副將으로 삼고 일곱째아들인 아바타이(阿巴泰, abatai)의 딸과 혼인하게 하였다. 이후 그는 清河·鐵嶺·遼陽·瀋陽 등지를 함락시킬 때 함께 종군하여 그 공으로 三等總兵官에 제수되었다. 1627년에는 아민(阿敏, amin)이 지휘하는 후금군이 조선을 공격한 정묘호란에도 종군하였는데, 전략 수립 과정에서 아민과 마찰을 빚어 '오랑캐(蠻奴)'라는 모욕을 당하기도 하였다. 그럼에도 불구하고 그는 修養性과 함께 투항한 漢人에 대한 누르하치의 우대를 상징하는 인물로 자주 언급되었다.

30 只聽(지청): 얼핏 들음.

31 番綑(번곤): 翻捆. 묶여 엎어짐(捆倒).

32 氈裘(전구): 氈裘. 북방의 유목민들이 입는 털가죽으로 만든 옷. 여기서는 여진족을

蜂蠆[33]一朝興暗裡，也應未免檻車[34]愁。

他身邊幾箇內丁，急待救時，又轉過幾箇韃子，拔刀亂砍，盡皆驚散。城中聽得，也便鼎沸，卻沒了箇主將，沒人做主[35]，慌慌的也沒箇創議閉門守備。只見城門外塵頭蔽天，早已一彪人馬殺至，直奔遊擊公署[36]，四門分人把守，不許百姓出入。卻是哈赤，就在城中坐堂[37]。

各韃子推過李永芳，李永芳此時已慌做一團，喜得哈赤身邊站著一箇官。姓佟，名養性[38]，原是哈赤宗族，向來在遼陽總鎮標下[39]做一箇把總，與哈赤打探消息的，後來張都院知道，要處他，他便逃入酋奴寨裡，做箇軍師，向前道："李將軍，如今時節，輕武重文，做武官的，擔了一箇剝軍的罪名，擢來只勾得總鎮守巡節禮生辰，還有討薦謝薦，那裡得養請妻子，若少不足，便生情凌辱，好不受他氣。況且你失了地方，料回南朝不得，不若背了，同享富貴."哈赤又道："你若肯投降，俺畢竟重用."李永芳在下想一想道：'日來軍政廢弛，便是失機，也不就殺。只是宦囊[40]已被奴酋劫去，沒得夤緣[41]，畢竟不得出監門[42]。不若投降，且得一時快活.' 便高聲

가리킨다.

33 蜂蠆(봉채): 치명적인 독을 갖고 있는 벌과 전갈. 하잘것없는 무리들을 비유하여 쓰이기도 한다.

34 檻車(함거): 죄인을 호송하는 수레.

35 做主(주주): 결정함. 책임지고 결정함.

36 公署(공서): 관공서. 관아.

37 坐堂(좌당): 관리가 정청에 앉음.

38 養性(양성): 佟養性. 명나라 말기의 여진인으로 명나라의 관직을 받았으나 이후에 건주여진으로 투항한 인물. 아버지를 따라 명나라에 투항하여 요동에 정착하였다. 1616년 누르하치가 後金을 건국하자, 그와 내통하였고 撫順을 함락하는 데 기여하였다. 누르하치가 종실의 여인을 아내로 주었으므로 어푸(額駙, efu) 칭호를 받았고 三等副將에 제수되었다. 1631년부터 귀순한 漢人에 대한 사무를 전적으로 관장하게 되었고 火器 주조를 감독한 공으로 암바 장긴(大將軍, amba janggin)이 되었다. 1632년 홍타이지가 차하르(察哈爾, cahar) 몽골을 공격할 때에 심양에 남아 수비하였는데, 이때 병으로 사망하였다.

39 標下(표하): 標下軍. 大將이나 각 長官의 수하 친위부대.

40 宦囊(환낭): 관리가 재직 중에 모은 재물.

道: "若蒙不殺, 情愿投降." 哈赤大喜, 便分付道: "李將軍家小[43], 不許殺害, 他髙中行囊, 不許劫掠!" 只是李永芳妻趙氏聞得永芳被捉, 韃兵入城, 早已自盡。哈赤知道, 道: "不要惱, 我賠你一箇夫人罷." 就把一箇女兒配與李永芳, 便差他同佟養性在城中, 將婦女不論有無姿色, 幷丁壯·百姓的金帛牛羊馬匹, 庫藏中錢糧軍火器械, 一齊收拾上車, 陸續[44]差人押解到老寨交卸[45]。

這廂墩臺[46]上烽烟齊擧, 塘報[47]的飛報入遼陽城來。張總兵聽了, 驚得魂不附體, 忙來見李巡撫。傳鼓進去半晌, 李巡撫開門出來相見, 已是面無人色[48], 半日做得一聲道: "塘報是失了城池[49], 拿了將官, 料是遮掩不得一箇失機罪名。唯有急發兵追趕, 或是殺得他些首級, 奪得些擄去的男女牛羊馬匹, 還可贖罪." 張總兵道: "只恐我這邊兵去, 奴酋已去遠了." 李巡撫道: "沒有箇做地方官, 聽韃子自來自去的, 一定要去趕! 趕不着, 早請添兵添餉去剿他。事不宜遲[50], 可卽便發兵!" 也不顧這些兵是戰得的戰不得的。張總兵唯唯而退, 忙傳令分付標下, 整備乾糧器械。李撫又牌[51]取正兵營副總兵頗廷相·奇兵營遊擊梁汝貴, 各帶本部人馬, 會同張總兵部下,

---

41 賁緣(인연): 뇌물을 주거나 연줄을 타고 출세하려함.

42 監門(감문): 문을 지키는 사람.

43 家小(가소): 아내와 자식을 아울러 이르는 말.

44 陸續(육속): 끊이지 않고 계속함.

45 交卸(교사): (물품을) 인계함.

46 墩臺(돈대): 전략적 요충지에 설치하여 적의 침입이나 척후 활동을 방어하기 위해 쌓은 소규모 방어시설. 곧, 경사면을 절토하거나 성토하여 얻어진 계단 모양의 평탄지를 옹벽으로 받친 부분이다.

47 塘報(당보): 높은 곳에 올라 적의 동태를 살펴 아군에게 기로써 알리는 일을 이르던 말. 기를 조작하던 사람을 塘報手라고 한다.

48 面無人色(면무인색): 몹시 놀라거나 겁에 질려 얼굴에 핏기가 없음.

49 城池(성지): 金城湯池. 쇠로 만든 성과 끓는 물을 채운 못이란 뜻으로, 방비가 빈틈없이 견고한 성이란 말.

50 事不宜遲(사불의지): 일은 늦추지 말아야 한다는 뜻으로, 기회를 놓치거나 질질 끌어서는 안 된다는 말.

51 牌(패): 牌文. 상급관청에서 하급관청에 발급한 간략한 내용의 하달문서.

共有三萬餘人, 即日出征。

上下慌得緊, 出兵爭得緊, 也不管人是老的弱的·正身替身, 器械是有的沒的·利的鈍的, 放上三箇大砲, 慌慌出城。梁遊擊做了先鋒, 頗總兵做了合後, 張總兵自統中軍。部下的這些總哨官[52]兵, 都許神願, 不要撞遇韃子, 得他先去, 應一箇趕的名罷; 或是天可憐, 收拾得他幾箇剩下, 不要的老醜婦人, 跟走不上的老弱百姓, 散失的騾馬牛羊; 或是僥倖, 再得幾箇貪擄掠落後失了隊的零星韃子, 拿來殺了, 還可做功。馬不停蹄[53]行了兩日, 人心漸懶, 步伍[54]漸亂。二十日將到撫順, 奴酋已自將城中所有都搬得罄盡, 又將部下人馬將養了兩日, 丟了一箇空城前去。哨馬見了, 忙來回報。軍士們聽得韃子去了, 都生歡喜, 只是張總兵道: "來了兩日, 城又失了, 死韃子不曾得得一箇, 砍他頭報功。怎生回去!" 恰好李巡撫又差紅旗官催促, 道: "將領有退縮不行追趕的, 便斬首號令!" 張總兵聽了, 傳令叫再趕。軍士走了兩日, 正待歇下, 不期總兵督促, 只得前行。

又是一日, 哨馬報: "遠遠傍山有紅白標子[55]數十杆, 韃兵萬數屯住." 張總兵傳令, 叫各軍準備火器, 前往廝殺。這些軍士只說照舊例趕一趕兒, 那箇有甚廝殺肚腸。聽了好生喫驚[56]。卻又塵頭亂起, 哨馬來道: "韃兵回標來了!" 張總兵分付管火器官快放火器, 衆人果然看着塵, 乒乒乓乓, 把那鳥嘴[57]·佛狼機[58]·襄陽砲[59]亂放一陣烟, 打箇不歇手。可煞作怪, 打時

52 總哨官(총초관): 把總과 哨官을 아울러 이르는 말. 把總은 하급 무관의 職名이고, 哨官은 100명을 통솔하는 군관이다.

53 馬不停蹄(마부정제): 달리는 말은 말굽을 멈추지 않는다는 뜻으로, 쉬지 않고 달려 나아간다는 말.

54 步伍(보오): 隊伍. 隊列.

55 標子(표자): 청나라 方以智의 《通雅》〈器用〉에 "지금 오랑캐들이 모두 표창을 공중으로 던지는데, 그것을 일러 標子라 한다.(今滇兵皆用標槍空擲, 謂之標子.)"에서 나오는 말.

56 喫驚(끽경): 의외 것이나 돌연한 것에 갑자기 놀라는 모양.

57 鳥嘴(조취): 鳥嘴銃. 화약을 넣고 납탄을 재어 쏘는 명나라 시대의 총.

58 佛狼機(불랑기): 명나라의 대포. 불랑기라는 말은 중국과 교역을 하던 아라비아인들이 서양인을 파랑기(Farangi:中世의 Frank에서 유래)라고 말한 데서 생겼다.

59 襄陽砲(양양포): 추를 사용하여 탄환을 투사하는 투석기. 몽골군이 송나라의 襄陽城

韃兵兜住馬不來, 都打箇空, 一放完, 正待裝放火藥鉛彈[60]時, 他人馬風雨似來了。梁遊擊見了, 便率兵首先砍殺, 朴(撲)做一處, 張總兵與頗總兵也率兵努力夾攻。爭奈他逸我勞, 我兵無必死之心, 他卻是慣戰之士, 正在酣戰[61]之時, 忽然添出兩支生力[62]韃兵, 從旁殺來, 一裹把官兵圍在垓心[63], 箭似雨點般射來。

總兵部下領兵指揮白雲龍, 他原領着本部兵, 在後慢慢看風色, 前邊勝便乘勢趕殺, 不勝可以退避。這番韃兵裹來, 引兵一縮, 早已縮出圍外。千總陳大道, 見虜兵勢來得勇猛, 怕遲些難以脫身, 趁圍未合。也只一溜[64], 兩箇不顧總兵, 一道煙[65], 自先走了。這邊張總兵見兵馬逃的逃, 死的死, 料道不支, 叫說: "且殺出去!" 梁遊擊便冲了鋒[66], 兩箇總兵做了後繼。家丁簇擁, 好不拼命[67]相殺。爭奈這些韃子, 憑着馬, 只顧亂擁將來, 就是砍得他一兩箇人倒, 一兩匹馬倒, 他後邊隨即湧上來, 並不肯退。任着[68]這三箇將官 · 三萬兵奮勇冲殺, 莫想肯退一步, 讓一條路兒。梁遊擊殺得性起, 大聲喊殺, 身上中了五箭, 全不在意, 不料一箭復中咽喉, 翻落馬身死。頗總兵也帶重傷落馬, 被馬踏做肉泥[69]。張總兵爲要突圍[70], 苦苦冲殺, 亦遭奴兵砍死。

을 공격할 때 무게 150근, 그러니까 95kg이나 되는 엄청나게 큰 돌을 던지는 투석기를 만들어 전투에 사용되었던 데서 양양포라 부른다.

60 鉛彈(연탄): 납을 주원료로 한 탄환.

61 酣戰(감전): 전투에서 한창 격렬하게 어우러진 싸움.

62 生力(생력): 生力軍. 처음으로 전쟁에 투입되는 정예부대.

63 垓心(해심): 싸움터 한가운데.

64 一溜(일류): 부근. 근처.

65 一道煙(일도연): 쏜살같이.

66 冲了鋒(충료봉): 적진으로 돌격하여 들어감.

67 拼命(병명): 죽을힘을 다함. 자신의 생명을 돌보지 않음.

68 任着(임착): 在任. 일정한 직무나 임무를 수행하고 있거나 임지에 있음.

69 肉泥(육니): 肉泥爛醬. 피와 살이 뭉그러지고 흩어져버린 참상.

70 突圍(돌위): 포위를 뚫어버리는 것을 이르는 말.

草染英雄血, 塵埋壯士身。
野人收斷戟, 嫠婦泣征人。

其餘將士, 逃的生, 戰的死。只一陣, 把三箇大將·百十員偏裨·三萬兵士, 併三萬人資糧器械·盔甲馬匹, 都喪于奴酋。附近居民, 無不逃入開原·鐵嶺·沈陽等處。守堡將士, 都惶惑不自保[71]。

總之, 近來邊將都是處堂燕雀[72], 平日守不成箇守, 所以容易爲夷人掩襲; 到戰也不成箇戰, 自然至于覆敗。卒使狡虜得以逞志[73]逞强[74], 喜孜孜[75]不惟得了撫順一城蓄積, 還又得這一戰軍資, 回軍建州。喪師辱國, 有不可勝言者。

運籌[76]無壯略, 一戰竟輿屍。
嘆息民膏血, 全爲大盜資。

奴酋計襲撫順, 蓄謀已深, 而以倉卒之師追之, 適自敗耳。至謂紅旗催戰, 爲敗軍之媒[77], 則守土者將, 任其虛而來, 飽而去乎? 恐如楨[78]之坐視

---

71 不自保(부자보): 스스로 지키지 못함. 난리가 매우 걱정스럽다는 말이다.

72 處堂燕雀(처당연작): 제비와 참새가 처마 밑에 살다가 안락한 생활에 젖어 위험이 닥쳐오는 줄도 모르고 경각심을 갖지 않는 것을 비유하는 말. 魏나라 재상 子順이 "제비와 참새는 사람의 집에 둥지를 틀고 새끼와 어미가 서로 먹이를 먹여 주면서 화락하게 지내며 스스로 안전하다고 여긴다. 그 집의 굴뚝에서 불이 나서 마루와 추녀를 태우려고 하는데도 제비와 참새는 얼굴색도 변하지 않고 재앙이 자신에게 미치는 줄 모른다.(燕雀處屋, 子母安哺, 煦煦焉其相樂也, 自以爲安矣. 竈突炎上, 棟宇將焚, 燕雀顔色不變, 知禍之將及也.)"라고 한데서 유래한다.

73 逞志(영지): 제멋대로 함.

74 逞强(영강): 위세를 부림.

75 喜孜孜(희자자): 기쁨에 겨워함. 흐뭇함.

76 運籌(운주): 주판을 놓듯이 이리저리 궁리하고 계획함.

77 媒(매): 謀의 오기인 듯.

78 如楨(여정): 李如楨(?~1621). 李成梁의 셋째아들. 楊鎬를 따라 요동을 정벌할 때 이여정은 瀋陽에 주둔하였는데, 開原과 鐵嶺이 전후로 잃고 馬林이 전사하였는데도 그는 천천

開鐵, 亦不任受罪也。

　戰有戰氣, 聊以免罪, 氣先餒矣, 何得不敗!

히 구조하러 갔다가 다만 군사를 풀어 후금의 죽은 병사 179명의 머리를 베어온 공을 보고하고 돌아오자, 군대를 거느리고도 출동시켜 구원하지 않은 죄를 받아 하옥시켜 사형으로 논죄되었다.

第三回 拒招降張旃死事 議剿賊楊鎬出師

迢迢烽火映三韓[1]，野戍[2]孤嫠泣未乾。
幕府[3]阿誰[4]揮羽扇[5]，雄關空想塞泥丸[6]。
聲殘鼙鼓[7]將軍死，馬載紅粧逆虜歡。
惆悵邊隅幾多恨，蕭蕭短髮舞風寒。

嗟乎! 國家有死事之臣, 可爲國家扶正氣, 不知今日死一將, 便已敗一陣, 明日死一官, 便已失一城, 卻已傷了國家元氣, 壞了國家之事。至于用人, 畢竟要揣量得這人勝得這事來, 方纔假他權柄。不然, 勉强尋一箇人出來, 把這擔子[8]與他, 這人又不量[9]承了去, 一時也糊塗過, 只是如民生何, 如國事何!

遼東自張承胤敗死了, 李撫就一面具本題[10]知, 一面行牌[11]整飭全遼兵

---

1 三韓(삼한): 三韓縣. 지금의 중국 내몽고자치구 赤峰市 동쪽에 위치한 고을.

2 野戍(야수): 변방의 유랑민을 가리키는 말. 唐나라 때의 부족 이름으로 이들은 활을 잘 쏘고 싸움을 잘하여 이들에게 官城 호위하는 일을 맡게 했다고 한다.

3 幕府(막부): 장수들이 전쟁 중에 사무 보던 곳.

4 阿誰(아수): 누구. 어떤 사람.

5 羽扇(우선): 제갈량의 상징처럼 들고 다녔던 부채.

6 泥丸(이환): 地勢가 험준하여 강토를 지킬 만한 요새. 後漢 王莽)말기에 隗囂의 장수 王元이 "하나의 흙덩어리를 가지고 가서 대왕을 위해 함곡관을 봉해 버리겠다.(元請以一丸泥, 爲大王, 東封函谷關.)"고 말한 데서 유래한다.

7 鼙鼓(비고): 군대에서 쓰는 小鼓와 大鼓를 가리키는 말로, 여기서는 전쟁의 북소리라는 말. 당나라 玄宗 때 安祿山이 漁陽에서 반란을 일으켜 전국이 兵禍에 휩싸였는데, 이와 관련하여 白居易의 〈長恨歌〉 시에 "어양 땅 북소리 땅을 울리며 몰려오자, 임금님의 예상우의 곡조가 놀라 깨어졌네.(漁陽鼙鼓動地來, 驚破霓裳羽衣曲.)"에서 나온다.

8 擔子(담자): 책임.

9 不量(불량): 不量自力. 不自量力. 주제넘음. 자기의 분수를 모름.

備, 又發兵協守要害地方。此時京師正陽門[12]外, 河水發紅如血, 內外驚怨。接這邊報, 兵部連忙具題, 道:「張承胤已死, 急須另推總兵。原任總兵李如柏[13], 他是遼東鐵嶺衛[14]人, 習知遼中情事。又父親李成梁, 向做總兵鎮守遼東, 兄李如松, 曾做總兵, 督兵在朝鮮平倭·貴州平播[15], 是箇世將, 用他鎮守遼東。李維翰失事, 另用一箇楊鎬[16], 他曾爲遼東巡撫, 又曾在朝鮮做經略, 如今仍升經略。還又道山海關是箇重地, 起一箇原任總兵榆林[17]宿將[18]杜松[19], 使他屯兵山海。屢次總兵建功朝鮮及播州的大刀劉挺[20], 更有柴國柱[21]等一干名將, 都取來京師調用[22]。立一箇賞格：斬奴酋

10 本題(본제): 題本. 황제에게 올리는 문서. 사적인 일에 관한 것은 奏本이라 한다.

11 牌(패): 牌文. 명령 통지문.

12 正陽門(정양문): 명나라 때 북경 內城의 正門. 원래 이름은 麗正門으로 1419년 紫禁城과 함께 지어졌다.

13 李如柏(이여백, 1553~1620): 명나라 말기의 장군. 이성량의 둘째아들이자 李如松의 동생이다. 1619년 사르후 전투에서 누르하치가 이끄는 후금에게 대패하여 자결하였다.

14 鐵嶺衛(철령위): 1338년에 중국 명나라가 철령의 북쪽에 설치하려고 했으나, 뜻대로 되지 않아 요동의 奉集縣에 설치했던 행정기구.

15 播(파): 播酋. 播州土官 楊應龍. 묘족인 그는 1597년 귀주에서 반란을 일으켰다가 1600년에 진압되었다.

16 楊鎬(양호, ?~1629): 명나라 말기의 장군. 1597년 정유재란 때 經略朝鮮軍務使가 되어 참전했다. 다음 해 울산에서 벌어진 島山城 전투에서 크게 패해 병사 2만을 잃었다. 이를 승리로 보고했다가 탄로나 거의 죽을 뻔하다가 대신들의 도움으로 목숨을 구하고 파직되었다. 1610년 遼東을 선무하는 일로 재기했지만 곧 사직하고 돌아갔다. 1618년 조정에서 그가 요동 방면의 지리를 잘 안다고 하여 兵部左侍郎겸 僉都御史로 임명해 요동을 경략하게 했다. 다음 해 四路의 군사들을 이끌고 後金을 공격했지만 대패하고, 杜松과 馬林, 劉綎 등의 三路가 함락되고, 겨우 李如栢의 군대만 남아 귀환했다. 그는 투옥되어 사형 선고를 받고 1629년 처형되었다.

17 榆林(유림): 榆林塞. 秦나라 때 蒙恬이 흉노족을 막기 위하여 설치한 關. 지금의 內蒙古 지역에 있는데, 榆林鎮總兵이 주둔하던 곳이다.

18 宿將(숙장): 전쟁의 경험이 많은 노련한 장군.

19 杜松(두송, ?~1619): 명나라 말기의 武將. 용감하고 전투에 능하여 변방의 민족들이 그를 '杜太師'라고 불렀다. 명나라 大將 杜桐의 아우이다. 萬曆 연간(1573~1620)에 舍人으로 從軍하여 공을 세워 寧夏守備가 되었다. 1594년에 延綏參將이 되었다. 그 후에 都督僉事, 山海關 總兵 등을 지냈다.

20 劉挺(유정, 1558~1619): 劉綎의 오기. 명나라 말기의 장군. 본명은 龔綎이다. 임진왜

的, 與他千金, 世襲指揮.」加張承胤官, 賜謚, 賜祭立祠, 賜名旌忠, 以報死事。勵生者楊鎬·李如柏, 命下, 卽令就道。楊鎬便已於五月二十一日出了山海關。

烽火遍宸京[23], 樞臣事遠征。
頻揮白羽扇[24], 刻日[25]犬戎[26]平。

至遼陽, 只是四方徵調[27], 一時未得到遼, 全遼喪失士馬二三萬, 一時招補不來。

奴酋細作, 佈滿遼東, 他先趁着(著)楊經略未出關時, 分三支人馬, 去攻撫安堡[28]·三岔堡[29]·白家冲堡[30]。這三箇小堡, 如何當得他大隊人馬。盡被他佔去了。到了七月, 他探得經略雖來, 兵馬還未集, 他又親領了精兵萬數, 竟從鴉鶻關[31]進來, 攻打淸河城[32]。

란 때는 부총병으로 조선에 와서 휴전 중에도 계속 머물렀고, 정유재란에서는 총병으로 승진해 西路軍의 대장이 되어 순천 싸움에서 고니시 유키나가를 공격했지만 저지당하였다. 그 후 播州土官 楊應龍의 반란을 진압하는데 공을 세웠다. 120근짜리 鑌鐵刀를 썼다고 해서 劉大刀로 불렸으며, 黑虎將軍으로 존칭되었다고 한다.

21 柴國柱(시국주, 1568~1625): 명나라 말기의 장군. 萬曆 연간(1573~1619)에 西要守備를 담당하였고, 공을 인정받아서 指揮僉事로 승진하였으며, 都督僉事로 발탁되었고, 陝西總兵官이 되었다. 天啓 초년에는 左都督에 임명되었다.

22 調用(조용): 벼슬아치로 등용함.

23 宸京(신경): 帝都. 皇都. 황제가 있는 도성.

24 白羽扇(백우선): 흰 깃털의 부채. 晉나라 裴啓의 《語林》에 "諸葛亮이 司馬懿와 渭水에서 전투를 벌일 적에, 흰색의 깃털 부채[白羽扇]로 三軍을 지휘하니, 군사들 모두가 그 부채의 움직임에 따라 진퇴를 하였다."는 말이 나온다.

25 刻日(각일): 다그침. 서두름.

26 犬戎(견융): 지금의 陝西省 鳳翔縣 부근에 있었던 西戎을 말함. 여기서는 오랑캐의 뜻으로 쓰였다.

27 徵調(징조): 인원이나 물자를 징집하거 징발하여 사용하거나 조달함.

28 撫安堡(무안보): 鐵嶺縣 大甸子 북쪽에 있는 보.

29 三岔堡(삼차보): 鐵嶺縣 撫安堡 남쪽에 있는 보.

30 白家冲堡(백가충보): 鐵嶺縣 崔陣堡.

這城是箇要害地方, 原有參將鄒儲賢[33]把守, 楊經略因料是奴酋必攻, 又調一箇援遼遊擊張旗[34]領兵協守, 共兵六千有餘, 百姓不下數萬。這兩箇將官, 也是留心守備的, 一聽得奴兵入關, 便就在城上擺列[35]擂木砲石[36], 兩箇分城死守。只見二十二日早晨:

鼓角連天震, 旌干匝地橫。
胡弓開月影, 畫戟[37]映霜明。

二將登城一看, 奴酋騎了一匹黃驃馬[38], 打着(著)面飛龍旗, 兩箇兒子莽骨大・巴卜太[39], 與兩箇叛將佟養性・李永芳, 護衛在兩旁, 把鞭稍[40]兒指揮夷兵圍城。那張遊擊看了, 面如火發, 對鄒參將道: "這奴酋他自恃累勝, 公然立馬城下, 指點三軍, 傍若無人。我不若乘他不意, 率領精兵五百, 直取奴酋, 若殺奴酋, 賊兵無主自散了; 倘不能取奴, 亦須斬他幾箇首將, 以

---

31 鴉鶻關(아골관): 連山關이라고도 함. 鎭夷堡와 甜水站 사이에 있었다.

32 淸河城(청하성): 遼東에 있어서 遼陽과 瀋陽의 병풍이었던 성. 누르하치가 공격할 때 명나라는 鄒儲賢이 험요한 지세에 기대어 지키고 있었는데, 누르하치는 처음 이곳에 맹공을 퍼부었지만 참모의 조언을 따라 八旗軍에게 나무판을 머리에 얹은 채 성 밑에서 벽을 허물게 했다고 한다.

33 鄒儲賢(추저현, ?~1618): 명나라 말기 장수. 李永芳과 함께 遼東總兵 李成梁의 휘하에 있었다. 御史 翟鳳翀이 청하성을 순시하면서 그에게 鴉鶻關을 굳게 지키라고 당부하였다. 그는 1618년 7월 淸河城을 지키면서 후금군의 공격에 완강하게 저항했으나 결국 피살되고 말았다.

34 張旗(장기): 張旆의 오기.

35 擺列(파열): 진열함. 배치함.

36 擂木砲石(뇌목포석): 나무토막을 굴리고 돌을 쏘아 보냄. 여기서는 통나무와 投石을 일컫는다.

37 畫戟(화극): 화려하게 색칠한 목창. 官府의 문을 지킬 때 병졸들이 쥐고 호위하는 것이다. 韋應物의 〈郡齋雨中與諸文士燕集〉 시에 "호위병에겐 아로새긴 창이 늘어섰고, 연침에는 맑은 향기가 어리었네.(兵衛森畫戟, 宴寢凝淸香.)"라고 하였다.

38 黃驃馬(황표마): 흰 점이 박힌 노랑 말. 누르하치가 가출할 때 탔다는 말이다.

39 巴卜太(파복태): 巴布泰(1592~1643). 누르하치의 아홉째아들. 鎭國恪僖公이다.

40 鞭稍(편초): 鞭梢의 오기. 채찍.

死報國!” 鄒參將道: “將軍雖是英勇, 但張總兵以三萬人敗于奴手, 今將軍欲以五百人出戰, 何異羊投虎口! 不若堅守城池, 待救兵來至, 那時奴酋或是分兵往敵, 我就可內外夾攻, 他若退去, 我就可掩其歸師, 這還是萬全之計[41].” 張游擊道: “城小救遲, 倘不能保, 與其坐以待斃, 不若決一死戰[42]耳.” 鄒參將道: “終是守安戰危, 還從守.” 兩箇遂分守城堡, 矢石齊下, 也打死了好些韃子。衆韃子便頭頂門板, 抵着矢石, 下邊用鍬掘城, 二將又將火器打去。自寅時攻守, 到午時光景[43], 城東北角漸漸坍頹, 張遊擊自持大刀, 親擋其處。卻見這于韃兵, 俱頂一箇打死韃賊, 逼向城來, 守城的還只道是他將來抵箭的。不料他向城邊一齊撇下, 堆積竟與城平, 一干勇猛韃兵, 跳上屍骸, 竟上城來。張遊擊聽得趕來, 手起大刀, 連劈十數箇韃賊。只是韃兵抵死不退, 守城的都抛城顧家[44], 衆寡不敵, 竟遭韃兵殺害。

知膽斗疑大, 忠心石共堅。
猶思爲厲鬼[45], 爲國靖烽煙。

鄒參將在城上防守時, 恰值李永芳在城下, 率領賊兵攻城, 遠遠道: “鄒將軍, 不須苦戰, 不如學我, 同享榮華.” 鄒參將便指手罵道: “叛賊! 朝廷差你守城, 不能守禦, 反行降賊, 今日恨不得斬你萬段, 肯學你歹樣?” 永芳憤怒, 催兵攻城, 早已東北城陷, 城中火起。鄒參將便下城, 率兵巷戰[46], 不能抵挌, 鄒參將道: “反爲叛賊所擒!” 拔出佩刀, 自刎而死。

---

41 萬全之計(만전지계): 실패할 위험이 전혀 없는 안전한 계책.
42 決一死戰(결일사전): 생사를 걸고 마지막 승부를 겨룸.
43 光景(광경): 추량 또는 추정을 표시함.
44 顧家(고가): 집안을 돌봄.
45 厲鬼(여귀): 불행하고 억울한 죽음을 당했거나 제사를 지낼 후손을 남기지 못하고 죽어 전염병과 같은 해를 일으킨다고 여겨지는 귀신.
46 巷戰(항전): 市街戰.

苦戰野雲愁, 呑胡志未休。
肯將忠義膝, 輕屈向氈裘。

城中軍士六千餘人, 盡皆死戰[47], 不降。百姓萬餘人, 强壯的, 都被他驅迫從軍, 老弱的盡皆殺害, 婦女有顔色的帶去, 老醜的也將來殺害。自三岔堡至孤山堡, 堡墻盡皆拆坍, 房屋盡皆燒燬。奴兵未至靉陽[48]·寬奠地方, 人民聞風逃散, 抛家棄業, 哭女呼兒, 又有一干奸棍[49]敗兵, 乘勢搶掠, 甚是可憐。比及參將賀世賢[50]聞警, 率領部下來援, 早已去遠。止將他押後, 夷兵追擊, 斬首一百五十四級, 中國失亡, 卻也不可勝計了。

此時朝廷要重楊經略的權, 特賜他尙方劍[51], 使他得便宜斬砍。楊經略便將來斬了先從張總兵陣逃, 今又棄孤山不守的千總陳大道。移文[52]催取各鎭兵赴遼, 酌量進剿, 自己坐鎭遼陽, 分總兵李如柏出守瀋陽。適値哈赤領兵自撫順來, 窺伺瀋陽, 遇着李總兵, 被李總兵督兵砍殺, 殺了他前鋒七十餘人。奴酋見失利[53], 便行退去。這廂援遼兵士, 宣府[54]·大同[55]·山西[56]三處, 發兵[57]一萬; 延綏[58]·寧夏[59]·甘肅[60]·固原[61]四處, 發兵六千; 浙

---

47 死戰(사전): 戰死의 오기인 듯.

48 靉陽(애양): 靉陽堡. 중국 遼寧省 鳳城縣 북쪽 128리에 있는 堡이다. 건주여진이 명나라를 공격할 때 주요한 공격 지점이 되었다.

49 奸棍(간곤): 奸徒. 사악하고 교활한 사람들.

50 賀世賢(하세현, ?~1621): 명나라 말기의 장수. 1619년 요동 경략 楊鎬가 부대를 넷으로 나눠 후금을 정벌할 때 都督僉事로 발탁되어 전쟁에 참여하였다. 1621년 3월에 후금이 심양을 공격하여 함락시킬 때 전사하였다.

51 尙方劍(상방검): 全權을 위임하면서 임금이 대신이나 장수에게 내려 주는 검.

52 移文(이문): 관아 사이에 주고받던 공문.

53 失利(실리): 불리하게 됨.

54 宣府(선부): 宣化. 河北省 서북부에 있는 지명. 武州라는 별명이 있다.

55 大同(대동): 山西省 북부에 있는 지명. 옛 이름은 雲州, 平城이다.

56 山西(산서): 중국 太行山脈 서쪽에 있는 省. 화북성 서쪽에 있다.

57 發兵(발병): 군사를 동원하여 보냄.

58 延綏(연수): 陝西省에 있는 지명으로 지금은 府谷이라 함.

59 寧夏(영하): 중국 북서부의 省.

江[62]發兵四千; 川廣・山陝・兩直, 各發兵五七千不等; 又有永順[63]・保靖[64]・石砫[65]各土司兵[66], 河東西[67]土兵[68], 又併杜總兵・劉總兵各總兵部下家丁義勇, 通計十萬有餘, 俱各出關, 分屯遼陽等處。此時軍聲大振, 但只是各兵出關衆多, 糧草日費不資。聖上軫念[69]邊防, 發內帑銀[70]共有五十萬, 戶部行文[71]加派, 併開納事例[72], 多方措置, 尙恐不給。所以擧朝多恐師老財乏, 都要議剿。就是楊經略, 也見得徵調[73]來的, 都是天下精兵, 統領的, 又是宿將; 北關金台吉已剿奴一寨, 願出兵助陣; 朝鮮又命議政府右參贊姜弘立[74], 統兵一萬從征, 合夷夏的全力, 以平建州這一隅之地, 豈

60 甘肅(감숙): 중국 서북지구 黃河 상류에 있는 省.

61 固原(고원): 寧夏回族 자치구 남부에 있는 縣.

62 浙江(절강): 중국 남동부의 동중국해 연안에 있는 省.

63 永順(영순): 중국 湖南省에 있는 縣.

64 保靖(보정): 중국 湖南省에 있는 縣.

65 石砫(석주): 중국 重慶에 있는 지명. 石柱라고도 쓴다.

66 土司兵(토사병): 土司는 土官이라 하는데, 고대 중국 변경의 관직명. 그래서 토사병은 토관의 직접 통제를 받은 비정규 군대이다. 壯族과 瑤族이 주를 이루었다. 용맹하고 잘 싸웠기 때문에 명나라는 각지의 비적 토벌 등에 썼다.

67 河東西(하동서): 할하(khalkha)강의 東西. 할하강은 만주와 몽골 사이에 흐르는 강이다. 따라서 징키스칸 후손인 동몽골과 오이라트의 서몽골을 일컫는다.

68 土兵(토병): 일정한 지역에 붙박이로 사는 사람으로 조직된 그 지방의 군사.

69 軫念(진념): 임금이 마음을 쓰며 걱정함.

70 內帑銀(내탕은): 內帑庫는 금은, 비단, 포목 등 사유재산을 관리하는 御庫인데, 그곳의 은을 가리킴. 이곳에 보관되어 있던 재물을 가지고 나라에 천재지변이나 극심한 흉년이 들었을 때 백성들을 구휼하기도 하고, 관료들에게 특별포상을 실시하기도 했다. 이를 통해 황실의 권위 및 체면을 유지했다.

71 行文(행문): 공문을 보냄.

72 開納事例(개납사례): 돈이나 곡식을 상납하고 벼슬자리를 얻는 捐納의 실시를 가리킴. 국가의 재원을 보충하기 위한 것으로, 秦始皇帝 때부터 시작되었다. 곧 納銀으로 은을 납부하는 사례를 실시했다는 말이다.

73 徵調(징조): 徵集. 徵用. 인원 또는 물자로 징집하거나 징발하여 사용하거나 조달함.

74 姜弘立(강홍립, 1560~1627): 조선 중기 정치가. 본관은 晉州, 자는 君信, 호는 耐村. 참판 姜紳의 아들이다. 1618년 명나라가 後金을 토벌할 때, 명의 요청으로 조선에서 구원병을 보내게 되었다. 이에 조선은 강홍립을 五道都元帥로 삼아 13,000명의 군사를 거느리고 출정하도록 했다. 그러나 조선과 명나라 연합군이 富車에서 대패하자, 강홍립은 조

非泰山壓卵! 況且不早一決, 使軍餉日糜, 也是坐斃之道, 捱過隆冬, 原有一箇大擧討罪的意思。

到了正月, 兵部道天氣漸和, 可以出征, 請旨大頒賞格[75], 鼓舞將士, 楊經略也會同李如柏·杜松·劉挺·馬林[76]四箇大將, 議論出師。馬林道: "王師當出萬全, 宜倂兵一路, 鼓行而前, 執取罪人, 傾其巢穴." 楊經略道: "大軍旣出, 省鎭空虛, 況師多則行緩, 脫或奴以精銳直犯要害, 或以偏師[77]阻我餉道[78], 皆非所宜。不若分兵, 數路並進, 奴酋兵力有限, 自不能支." 此時劉總兵每次建功, 他只扮一箇輕兵[79]擣虛, 不喜議論。杜總兵卻道: "兵行須餉, 師貴在和。目今糧餉尙未足, 師俱烏合, 心多不協, 經臺[80]還須熟計." 楊經略道: "正是。目今糧餉日費, 幸有聖上發帑, 戶部措置, 尙可支持, 若再俄延, 更有缺乏。至于將領不協, 合兵則本部也恐諸君有不相下[81]之意。若分兵, 諸君可各行其意。況聖旨嚴督, 內閣書催, 兵部又馬上[82]差官促戰, 勢已不可已了, 本部恐罹逗遛之罪." 李總兵道: "大家齊心, 殺賊報國便了." 楊經略就與四人計議:

선군의 출병이 부득이하게 이루어진 사실을 통고한 후 군사를 이끌고 후금에 항복하였다. 이는 현지에서의 형세를 보아 향배를 정하라는 광해군의 밀명에 따른 것이었다. 투항한 이듬해 후금에 억류된 조선 포로들은 석방되어 귀국하였으나, 강홍립은 부원수 金景瑞 등 10여 명과 함께 계속 억류되었다. 1627년 정묘호란 때 귀국, 江華에서의 和議를 주선한 후 국내에 머물게 되었으나, 逆臣으로 몰려 관직을 빼앗겼다가 죽은 후 복관되었다.

75 賞格(상격): 功勞의 크고 작음에 따라 상을 주는 규정.

76 馬林(마림, ?~1619): 명나라 말기의 장수. 명장 馬芳의 차남이다. 父蔭으로 관직에 나가 大同參將에 이르렀다. 萬曆 연간에 遼東總兵官으로 임명되어, 1619년 楊鎬를 따라 군사를 내어 후금을 공격하는 薩爾滸 전투에 참가했으나 開原에서 패배하여 전사했다.

77 偏師(편사): 옛날 주력부대의 좌우익. 대규모 병력이 아닌 일부 병력(군대)을 이르는 말이다.

78 餉道(향도): 軍糧을 나르는 길.

79 輕兵(경병): 가볍게 무장한 소수의 병력.

80 臺(대): 어른. 經臺는 '경략께서' 의미인 듯.

81 不相下(불상하): 서로 양보하지 않음.

82 馬上(마상): 곧. 즉시. 조만간.

杜總兵，率宣大山陝兵馬，從撫順關出邊，攻奴酋西面。

馬總兵，率眞定[83]保河[84]山東兵馬，合北關夷兵，從靖安堡出邊，攻奴酋北面。

李總兵，率河東西京軍，從鴉鶻關出邊，攻奴酋南面。

劉總兵，率川湖浙福兵馬，合朝鮮義兵[85]，從晾馬佃[86]出邊，攻奴酋東面。

各將俱欣然聽命，議定二十一日五路出師。各各分付部下，整備糧草，打點[87]軍火器械，以備起行。楊經略又先差都司竇永澄前往北關，約會金台吉・白羊骨[88]，在靖安堡與馬總兵取齊；都司喬一琦[89]前往朝鮮，約會高麗將姜弘立・金朝瑞[90]，晾馬佃與劉總兵取齊。

十一日，楊經略親至大教場誓師[91]，但見：

電閃旌旗，霜飛劍戟。錦袍堆綉，綺霞半落晴空；金甲舒光，旭日高明碧漢。春雷動轟轟戰鼓，晚烟迷滾滾[92]征塵。銅肝鐵膽，同懷報國之心；大戟

83 眞定(진정): 중국 河北省의 正定縣.

84 保河(보하): 保河堤鎭. 중국 湖南省 津市 남단에 있다.

85 朝鮮義兵(조선의병): 姜弘立과 金景瑞가 이끈 1만 3천여 명의 조선 군대.

86 晾馬佃(양마전): 亮馬佃. 遼寧省 寬甸縣 동부에 있었음. 지금은 太平哨라 한다.

87 打點(타점): 일일이 점검함.

88 白羊骨(백양골, buyanggu): 해서여진의 서예허. 布揚古, 白羊古, 白羊高, 夫陽古로도 표기되었다. 화친의 표시로 여동생을 누르하치와 결혼시키기도 하였지만, 그 화친은 오래가지 못했다.

89 喬一琦(교일기): 명나라 神宗 때의 武臣. 劉綎과 함께 조선의 임진란에 참전하였고, 阿布達哩岡에서도 後金軍과 싸우다가 패하자 같이 자살했다.

90 金朝瑞(김조서): 金景瑞(1564~1624)의 오기. 1618년 평안도 병마절도사로 있을 때 명나라가 建州衛의 後金을 치기 위해 원병을 요청하자, 부원수가 되어 원수 강홍립과 함께 구원병을 이끌고 출전했다. 그러나 富車에서 패전한 뒤 포로가 되었다가 몰래 敵情을 기록하여 조선에 보내려 했으나 강홍립의 고발에 의해 사형되었다.

91 誓師(서사): 출정식. 군대가 출정하기 전에, 장병들을 모아 놓고 훈계하고 맹세하며 전투 의지를 고취시킨다.

長鎗, 齊抱呑胡之氣。正是：

旗分赤白青黃色, 陣列東西南北人。
神武直敎欺虎豹, 鴻功擬欲畵麒麟[93]。

三箇砲進了敎場, 上了演武堂。先是四箇大將相見, 以後偏裨各官參謁。楊經略排列烏牛白馬[94], 祭了天地, 祭了旗, 與四將歃了血, 叫過頭目, 宣示欽頒賞格·軍政條例, 分付將士, 叫他逐一遵依。又拿過撫順臨陣逃回指揮白雲龍, 將來斬了首級, 傳示三軍, 道: "有犯必誅, 有功必賞!" 分差各同知[95]通判[96]犒賞[97]四將軍士。

當日四大將就辭了經略, 次日各帶原撥官軍, 各詣汛地[98], 期于二十一日進兵。經略又在遼陽城外餞別。四路兵馬, 聲言[99]二十萬, 鎧仗[100]精明, 人馬雄壯, 箇箇呵:

擬蹀閼支[101]血, 期梟可汗[102]頭。

---

92 滾滾(곤곤): 끊임없는 모양.

93 麒麟(기린): 麒麟閣. 漢나라 武帝가 궁에 세운 높은 전각. 宣帝 때, 霍光·張安世·韓增·趙充國·魏相·丙吉·杜延年·劉德·梁丘賀·蕭望之·蘇武 11명의 공신의 초상을 그렸다.

94 烏牛白馬(오우백마): 검정 소와 흰 말. 劉備, 關羽, 張飛가 도원결의 할 때 사용한 희생물이다. 《三國志》의 "도원에서 검은 소와 흰 말과 지전 등 제물을 차려놓고 제사를 지내며 천지신명께 맹세하기를, '유비, 관우, 장비 세 사람은 비록 성씨는 다르지만 형제의 의를 맺기로 하였습니다.'고 하였다.(於桃園中備下烏牛白馬祭禮等項 三人焚香再拜而說誓曰: '念劉備, 關羽, 張飛 雖然異姓 既結爲兄弟.')"에서 나온다.

95 同知(동지): 知府를 보좌하는 정5품의 관직.

96 通判(통판): 조정의 신하 가운데 郡에 나아가 정치를 감독하던 관직.

97 犒賞(호상): 군사들에게 음식을 차려 먹이고 상을 주어 위로함.

98 汛地(신지): 信地. 분담 목적지.

99 聲言(성언): 공언함. 표명함.

100 鎧仗(개장): 갑옷과 병장기를 아울러 이르는 말.

101 閼支(연지): 흉노 군주의 妃 또는 妻에 대한 칭호.

凱歌報天子, 談笑覓封侯[103]。

但不知此去竟能滅虜否。

黎陽[104]之潰以九節度[105], 則分兵不爲失策, 可惜者相隔太遠, 聲息不聞, 師期[106]先洩, 虜得爲備耳。至謂天示敗兆而不知, 此亦是腐談。

四路出師, 總會於奴酋老寨, 則遠出寬奠, 乃是自疲其師。

---

102 可汗(가한): 흉노 돌궐 回紇 등의 군주의 칭호. 왕을 지칭하는 몽골어 칸(khan)의 음차이다.

103 談笑覓封侯(담소멱봉후): 공명을 매우 용이하게 취하는 것을 뜻함. 杜甫의 〈復愁〉 시에, "오랑캐가 어찌 그리도 성했던고, 전쟁이 일찍이 그칠 날이 없었네. 여염의 어린애들 말을 들어보니, 담소하면서 봉후를 취했다 하누나.(胡虜何曾盛, 干戈不肯休. 閭閻聽小子, 談笑覓封侯.)"라고 한 데서 온 말이다.

104 黎陽(여양): 安陽縣의 잘못. 安祿山의 난 때 鄴城에서 九節度의 군대가 반란군에 의해 궤멸되었다. 鄴城은 원래 相州로 天寶 원년에 鄴郡으로 고쳐졌다가 다시 업성으로 되었던 것이 安陽府로 승격되기도 했다. 지금의 河南省 臨漳縣이다.

105 九節度(구절도): 9명의 절도사. 郭子儀, 魯炅, 李奐, 許叔冀, 李嗣業, 季廣琛, 崔光遠, 李光弼, 王思禮이다.

106 師期(사기): 군대의 출군 시기.

第四回 牙旗折報杜鬆亡 五星斗兆劉挺死

誼重覺身輕，橫戈[1]事遠征。
胡風隨馬迅，漢月[2]傍戈明。
碎首[3]夫何惜，捐軀久自盟。
從敎埋馬革，意氣自猶生。

凡行軍的，要知天時，識地利。不知若論天時，自古又道紂[4]以甲子亡，武王[5]以甲子興；李晟[6]破朱泚[7]，偏是[8]熒惑守歲[9]，那可憑得他熲惑[10]軍

1 橫戈(횡과): 창을 가로잡음. 전쟁하는 것을 가리킨다.

2 漢月(한월): 고국의 달. 중국 中原 사람이 변방에 나가 고국을 그릴 때 쓰는 말이다. 杜甫의 〈前出塞〉7에 "이미 한월을 멀리 떠나왔는데, 어느 때나 성을 쌓고 돌아갈거나.(已去漢月遠, 何時築城還.)"에서 나온 말이다.

3 碎首(쇄수): 스스로 머리를 부숴 죽음. 《論衡》의 '禽息이 百里奚를 穆公에게 천거하였는데, 목공이 들어주지 않자 문을 나서며 넘어져 머리를 부수어 죽으니, 목공이 통탄하여 백리해를 등용했다.'고 한 데서 나온 말이다.

4 紂(주): 중국 殷나라 최후의 임금. 포악한 정치를 하여 나라를 어지럽게 하고 최후에는 周나라 武王에 의해 살해되었다.

5 武王(무왕): 周나라를 건국한 왕. 은나라 紂王의 신하였다가 폭군 주왕을 내쫓고 주나라를 세웠다. 鎬京으로 도읍을 옮기고 봉건제도를 실시하였다.

6 李晟(이성): 당나라 德宗 때의 장군. 朱泚가 姚令言의 亂軍과 합세하여 반란을 일으켜 국호를 大秦이라 일컬으면서 長安을 장악하였을 때, 서쪽 奉天으로 쫓겨 갔던 덕종이 그를 시켜 정벌하게 하여 장안을 수복, 사직을 보전하였다. 그가 渭橋에 있을 때 熒惑이 물러났다고 하자, "천자께서 밖에 머물러 계시니 신하는 다만 마땅히 목숨을 바쳐 절개를 지킬 뿐인데, 천문의 기상은 깊고 오묘하니 내가 어찌 천도를 알겠는가?(天子外次, 人臣但當死節, 垂象玄遠, 吾安知天道耶?)"라고 하여 천문의 변화는 무쌍한 것이므로 그것에 일희일비하지 않고 지킬 따름이라는 것이다.

7 朱泚(주자): 당나라 德宗 때의 叛賊. 783년에 반란을 일으킨 涇原節度使 姚令言에 의해 황제로 추대되어 스스로 군사를 거느리고 봉천을 포위하였으나 李晟에게 패하여 도망치다가 部將에게 죽음을 당하였다.

心[11]。況是軍法當進不進曰逗遛，豈可惑于災祥，自陷罪戾! 故此大將以成敗聽氣數[12]，以生死聽天命[13]，以一點忠肝義膽[14]聽自心，見怪不怪自亂方寸[15]。

當日五路出師，第一路是杜總兵，他是以保定總兵王宣爲先鋒，自統中軍[16]爲正兵[17]，總兵趙夢麟[18]爲奇兵[19]，都司劉遇節做掠陣。二十一日出兵，則見大風陡作，把他牙旗[20]吹。中軍把總王捷稟報，杜總兵道:“揚沙折木，亦風之常，不必介意.” 催趲前軍過了五嶺關，直抵渾河[21]。王捷稟報:“乞差人採砍木植，搭造浮橋[22].” 杜總兵親自到水口看了，道:“水勢甚緩，我今正要輕兵深入，掩其不備，若搭橋，不免耽延時日，或至失期。我且先渡與你看.” 自已裸了體，策馬竟渡渾河。這岸王趙兩總兵恐他孤軍有失，都督促軍士渡河而來。渡到一半，忽然探馬報有虜兵，杜總兵便不穿甲胄，率

---

8 偏是(편시): 하필이면. 공교롭게도.

9 熒惑守歲(형혹수세): 熒惑은 화성이고 歲星은 목성이니, 화성이 목성을 범하다는 뜻임.

10 煽惑(선혹): 충동하여 유혹함. 부추겨 꾀함.

11 軍心(군심): 군대의 사기. 군대의 전투의지.

12 氣數(기수): 저절로 오가고 한다는 길흉화복의 운수.

13 天命(천명): 하늘의 뜻.

14 忠肝義膽(충간의담): 충성스러운 마음과 의로운 용기.

15 方寸(방촌): 속마음을 이르는 말. 사람의 마음은 가슴속의 한 치 사방 넓이 속에 깃들어 있는 것이라는 뜻이다.

16 中軍(중군): 군대편성의 하나. 중·전·후·좌·우군의 五軍이었는데, 중군은 그 가운데서 중앙에 위치한 중심 부대이다.

17 正兵(정병): 정규전술을 수행하는 군대.

18 趙夢麟(조몽린, ?~1619): 명나라 말기 정치인. 자는 季兆. 1586년에 진사가 되었으며, 사르후 전투에서 죽었다.

19 奇兵(기병): 기습과 같은 비정규전술을 수행하는 군대.

20 牙旗(아기): 大將이 부하 장수를 지휘하고 명령하는, 좌우 양쪽은 파랑과 희며, 가운데는 누런 용과 구름무늬가 있으며, 가장자리는 불꽃 모양의 깃발이 달려 있는 軍旗. 대장이 출정할 때, 군대 앞에 세우는 큰 깃발이다. 이 깃발의 깃대 위를 상아로 장식하였기 때문에 아기라고 한다.

21 渾河(혼하): 중국 遼寧省을 흐르는 강으로, 遼河 강의 한 지류.

22 浮橋(부교): 교각을 사용하지 않고 물 위에 떠 있는 다리.

兵砍殺。自午至酉，殺散韃兵，早已傷死了一箇趙總兵，折去部下千餘。杜總兵急差人隔河催取後兵策應[23]，誰料劉都司見對岸杜總兵與奴兵殺得狠，驚慌了，死命不肯渡河，杜總兵只得收兵，屯在一箇土山上。分付中軍王捷，叫他領兵三千，札在山坡上，定計："若賊兵來，你放起一箇號炮。我乘馬而下，將火器沖殺[24]下來，可以獲勝。不可違我節制[25]。"只見杜總兵屯在山上，一夜不見炮響，天明一看，奴兵螻蟻似把土山圍住。看山坡上，竝沒一箇人影兒，王捷已乘着黑夜，虜圍未合，率兵去了。再望渾河，或者有兵過來相救，還可裏外夾攻。誰知劉都司見岸上有韃兵，如何敢渡，也自率兵回去。杜總兵見王捷已去，劉都司不肯來援，知是不妙[26]，道："二賊誤我!"忙在山上把火器打下，莫想打得開。自已[27]與王總兵膊馬相捱，要殺出山，幾次冲突不動，兩人身上中了幾箭。奴兵卻分番休息，捱至晚，杜總兵部下死亡過半，其餘又已饑疲，奴兵四面攢殺將來，可憐一箇關西老將，幷這一箇王總兵，都喪在奴兵之手。

種種[28]顚毛[29]氣自雄，身經百戰奏奇功。
誰知一具封侯骨[30]，慘雨[31]殘烟白草[32]中。

---

23 策應(책응): 벌어진 일이나 사태에 대하여 알맞게 헤아려 대응함.

24 沖殺(충살): 돌격함.

25 節制(절제): 정도를 넘지 않도록 알맞게 조절하거나 제어함.

26 不妙(불묘): 심상치 않음.

27 自已(자이): 자신의 감정을 억누름. 스스로 억제함.

28 種種(종종): 머리털이 희끗희끗한 모양.

29 顚毛(전모): 머리털.

30 封侯骨(봉후골): 먼 변방에서 큰 공을 세워 귀하게 될 骨相. 後漢의 班超가 서역에 종군하여 만년에 定遠侯로 봉해졌는데, 일찍이 관상가가 그의 燕頷虎頭의 상을 보고 萬里侯가 되리라고 예언했던 고사가 있다.

31 慘雨(참우): 悲風慘雨. 슬픈 바람과 참담한 비라는 뜻으로, 몹시 슬프고 비참한 처지나 상황을 비유적으로 이르는 말.

32 白草(백초): 邊塞에서 자라는 목초. 다 자라면 색깔이 희게 변한다고 한다. 흔히 중국 변방의 풍경을 가리키는 말로 쓰인다.

一時所帶軍火器械, 幷杜總兵的兵符印信·令箭[33]令旗[34], 都落在奴酋手中。卻又乘得勝之兵夾來, 攻靖安堡這枝官兵。這枝是馬將軍, 他是麻遊擊岩做先鋒, 自與監軍道[35]潘僉事宗顔[36]領中軍, 竇都司因候北關兵, 在後面作後應。出了三岔堡, 到二道關[37], 忽遇賊兵, 麻遊擊便挺鎗策馬, 直沖賊鋒, 潘監軍也戎粧[38]拔劍, 與馬將軍督率將士苦戰。正在勝負未分, 早又塵頭大起, 一彪[39]有馬韃軍從腋下橫沖過來, 馬將軍忙令竇都司迎敵。竇都司領的是後隊步軍, 如何當得韃馬亂踹過來, 後軍漸亂, 前軍便也動搖。馬將軍只得與丁碧拚命[40]殺開一條血路[41], 潰出重圍。回頭不見了潘監軍, 兩箇又率內丁殺入[42]找尋, 只見一箇跟潘監軍的小卒, 道: "先見兵爺中了一箭, 跌下馬來, 後來亂軍一擁, 竟不知仔麽了." 馬將軍道: "他是箇文官, 中箭落馬, 一定不免了." 兩箇就也不尋, 奪路殺回。喜得奴兵因劉總兵連破五寨, 恐老寨有失, 回兵救應, 不來追趕, 馬將軍得從容收兵。計點監軍歿了一潘僉事, 將軍歿了一箇麻岩·竇永澄, 部下軍士死傷了一半, 只得[43]退回。路遇北關來助, 他見馬將軍已自敗回, 他亦自回本寨去了。

這邊劉總兵, 自與家丁劉招孫[44]爲先鋒, 都司祖天定·浙兵把總周翼明

---

33 令箭(영전): 군령 전달용 화살.

34 令旗(영기): 군령 전달용 깃발.

35 監軍道(감군도): 명나라 때의 道의 명칭. 일에 따라 설치하고 항시 두지 않았다.

36 宗顔(종안): 潘宗顔(1582~1619). 명나라 말기의 장수. 어려서부터 독서하기를 좋아하여 시를 읊조리고 賦를 지었으며 천문학과 병법까지 통하였다. 1613년 진사가 되었고, 그 후에 산동성 안찰사 첨사가 되었으며, 사르후 전투에서 전사하였다.

37 二道關(이도관): 중국 吉林省 琿春市에 있는 城墻砬子山城의 북쪽골짜기.

38 戎粧(융장): 戎裝의 오기. 갑옷을 차려입음.

39 一彪(일표): 한 무리.

40 拚命(변명): 목숨을 내걸음.

41 血路(혈로): 적에게 포위된 때에 그것을 헤치고 빠져나가는 길.

42 殺入(살입): 힘있게 돌진해 들어감.

43 只得(지득): 할 수밖에 없음.

44 劉招孫(유초손, ?~1619): 명나라 말기의 將領. 劉綎의 양자이다. 사르후 전투에 참가

爲二隊, 都司喬一琦[45], 督趲[46]高麗兵在後。這劉招孫是劉總兵義子, 也使大刀, 累從征討, 所向無前。向時劉總兵自南昌[47]起兵援遼, 歃血這日, 取牛三隻, 在教場親斬牛祭旗, 手起刀落[48], 牛頭已斷, 而皮稍連, 總兵覺有不快之意。招孫跳出, 連斬二牛, 血不留刀, 總兵大悅, 是箇萬人敵[49]。至此兩箇沖鋒, 只是出師之日, 金木水火土上星[50], 聚于東井[51]相鬪, 人都道是不祥, 不敢進言。劉總兵也曉得, 但持着一箇必勝爲主, 也不介意。出邊二百餘里, 一路搜剿, 不可勝計。趲行已是數日, 忽見一寨, 劉總兵喝交攻打。只見寨中跳出一箇穿蟒衣[52]韃子, 持刀直砍劉總兵, 劉總兵也擧大刀相迎, 早被劉招孫刺斜里[53]趕來, 一刀砍做兩段。寨中有千餘韃賊, 見賊首被殺, 盡要逃生, 被劉總兵兵馬擒斬一半。拿過生擒韃子問他, 道是卜餘寨, 是第一箇要害, 奴酋差兒子貴英把兔[54]把守, 方纔着蟒衣的正是他。劉總兵在寨中安息一夜, 次早進兵, 攻打柳木寨。守寨牛鹿[55]巴兒

하였다가 전사하였다.

45 喬一琦(교일기, 1571~1619): 명나라 말기의 무장. 劉綎과 함께 누르하치의 군대를 맞아 싸우기 위해, 조선의 지원병을 기다렸으나 강홍립이 자꾸만 전쟁을 미루자 재촉하기도 했지만, 강홍립이 누르하치의 아들 귀영가에게 항복하자 스스로 목숨을 끊었다.

46 督趲(독찬): 감독함.

47 南昌(남창): 江西省의 洪都.

48 手起刀落(수기도락): 손을 들었다 내리자 칼이 떨어짐. 칼 쓰는 솜씨가 뛰어나다는 말이다.

49 萬人敵(만인적): 혼자서 많은 적과 대항할 만한 지혜와 용기를 갖춘 사람.

50 上星(상성): 五星의 오기인 듯.

51 東井(동정): 이십팔수의 스물두째 별자리. 井宿를 말하는데 이십팔수 중에 南方朱雀에 있는 별자리이다. 水·火·金·木·土의 五星이 한 방위에 나란히 이어져서 보이는 것은 매우 특이한 吉兆라 한다.

52 蟒衣(망의): 大臣들이 입던 禮服으로 황금색의 이무기를 수놓은 것.

53 刺斜里(자사리): 측면에서.

54 貴英把兎(귀영바투): 代善(Aisin-Gioro Daišan, 1583~1648) 또는 愛新覺羅代善. 누르하치의 차남이다. 1607년 형 褚英(1580~1615)과 1천 명의 군사로 울아(ula)의 부잔타이(bujantai)가 보낸 1만 병력을 격파한 공으로 누르하치로부터 고영(古英) 파도로(巴圖魯)라는 칭호를 얻었는데, 만주어로 구옝(guyeng) 바투루(baturu)인데 이를 조선어로 貴盈哥 또는 貴永介라 음차하였다.

兎[56], 是南朝遊擊官一般, 知得前寨已失, 料道不敵, 只是閉門堅守。劉總兵分付各兵都帶乾柴, 環寨排列, 放起火器, 卽時燒燬, 寨中夷兵, 焚殺一空。二十九日攻板橋寨, 寨中首將見前寨火起, 正來策應, 在路撞了劉總兵, 被他父子橫刀殺入[57], 迎着人馬皆傷。各兵連勝, 意氣又目[58]鼓舞, 奴兵如何抵敵, 忙要逃回守寨時, 南兵[59]一湧[60]隨進, 遮擋不住, 會跑的也打馬跑去, 其餘都被擒斬。三日破三寨, 生擒夷賊八百餘名, 斬首三千餘級, 奪獲糧米器械牛馬不可勝計。

劉總兵着塘報[61]先行報捷, 其各功次, 另行造冊類報。在寨將息一日, 劉總兵道: "兵貴神速[62], 不可遲延." 一面催後兵接應, 一面自領兵前往。又殺至古墳寨, 夷兵聞風逃走的多, 守寨的少, 不一時也攻破了。初二日復攻甘孤里寨, 此時漸近奴酋老寨, 奴兵漸多, 都拚死守寨, 攻打半日, 不能取勝。劉總兵惱了, 叫取大[63]將軍來, 火器官連忙[64]取至, 向寨門點放, 果然已被打開。劉總兵 · 劉招孫兩疋馬兩桿刀, 舞得雪花似亂飄, 擋着的人

---

55 牛鹿(우록): 牛錄으로도 씀. 만주글자로는 niru[niru], 중국말로는 箭 · 大箭이라는 뜻이다. 만주의 오랜 습속에 출병을 한다거나 교렵(校獵: 울타리를 쳐놓고 짐승을 포위하여 사냥하는 것)을 할 때는 인원의 다소를 불문하고 족당(族黨)과 둔채(屯寨)에 따라 행해진다. 사냥할 때는 매 사람당 각자 화살 하나씩을 가지고 나가고, 10사람이 되면 우두머리 한 사람을 두어 통솔하도록 하되 각 대오를 나누면서 문란케 하지 않도록 하는 바 그 우두머리를 우록액진(牛錄額眞, niru i ejen)이라고 하였다.

56 巴兒兎(파아토): 巴兎로도 쓰인 듯. 巴圖魯(baturu)는 옛 만주어로 용사 · 호걸, 용맹 · 용감의 뜻이다.

57 殺入(살입): 힘있게 돌진해 들어감.

58 目(목): 自의 오기.

59 南兵(남병): 명나라의 정예군으로 兵書 紀效新書를 만들어 유명한 戚繼光이 만든 군대인데, 주로 왜구들을 퇴치한 군대임.

60 湧(용): 擁의 오기.

61 塘報(당보): 적의 동태를 살펴서 알림.

62 兵貴神速(병귀신속): 군사를 지휘함에는 귀신같이 빠름을 귀히 여긴다는 뜻으로, 군사 행동은 언제나 신속하여야 함을 이르는 말.

63 大(대): 火의 오기.

64 連忙(연망): 얼른. 급히.

馬皆亡, 又破一寨, 共已五寨。點檢人馬, 戰陣上死亡并重傷沿路行走不上存留守寨, 軍士三停[65]已去其一。中軍黃越進稟道: "官軍出寨五百餘里, 去奴酋老寨不遠, 勢須合兵進攻。且五寨所得資糧, 足支旬日, 不若暫停日餘, 休息軍士, 一面爪探別路進兵消息, 一面催督後隊人馬, 合勢進剿, 以圖必勝." 劉總兵點了點頭, 道: "我也原沒個專功[66]之意, 只要乘軍士銳氣, 攻他不備。喜得數日來連捷, 獲有糧餉, 正不妨少息軍士。倘有別路兵已到的, 可以合力進剿." 就傳令札營[67], 將所得牛羊殺來犒賞將士, 差夜不收[68]爪探各路進兵消息, 差紅旗督取後隊步兵並朝鮮兵馬。

安歇一宵, 已是三月初四, 只見夜不收領了一個旗牌官[69], 帶有令箭, 道: "杜爺二十二渡渾河, 連勝韃兵, 離此六十里安營[70]。聞知爺已得勝在此, 差小人送令箭來報, 杜爺即刻移兵, 與爺相會, 商議合兵進剿." 劉總兵叫取令箭進去比對, 果是杜爺兵令箭, 道: "既杜寅丈[71]已獲功, 我兩下椅角[72]殺賊, 不怕大功不成!" 便也差官[73]迎請。早迤西一帶都打南軍旗號, 向大寨緩緩而來。這些軍士知是杜總兵兵, 都立在寨外觀望, 道: "畢竟我劉爺·杜爺有本領[74], 殺得到這裡." 不期將到寨門, 南兵便相殺起來。這時兵士原已[75]不做準備, 有些拿得器械, 要殺時又怕悟[76]傷了本部人馬, 那

65 停(정): 전체를 몇 몫으로 나누어 그 중의 한 몫.
66 功(공): 攻의 오기.
67 札營(찰영): 紮營의 오기. 주둔함.
68 夜不收(야불수): 軍衆에서 정탐하는 일을 맡은 군. 한밤중에 활동하기 때문에 이렇게 부른다.
69 旗牌官(기패관): 명령을 깃발로 전달하는 관리.
70 安營(안영): 막사를 치고 주둔함.
71 寅丈(인장): 동료에 대한 존칭.
72 椅角(의각): 犄角의 오기. 犄角之勢. 사슴을 잡을 때 사슴의 뒷발을 잡고 뿔을 잡는다는 뜻으로, 앞뒤에서 적을 몰아침을 비유적으로 이르는 말.
73 差官(차관): 일정한 임무를 맡기어 벼슬아치를 파견함.
74 本領(본령): 능력. 수완.
75 原已(원이): 그렇지 않아도.
76 悟(오): 誤의 오기.

來軍已湧[77]入營門。劉總兵正輕裘緩帶[78], 打點[79]與杜總兵相見, 聽得說: "不知仔麽[80]杜爺兵倒殺入營來." 劉總兵忙叫: "中計[81]!" 急取披掛[82], 右膊上已中一箭。披掛得殺時, 砍得幾個, 面上身上又中幾箭, 血流被體, 早已身亡。

百戰功名衛霍[83]儔, 笑談時見落矛頭。
旗翻溟海鯨波息, 劍指崆峒[84]鬼魅愁。
養士不羞家似罄[85], 忠君直保國如甌[86]。
只今風雨邊城上, 戰士御恩泣未休。

劉招孫見劉總兵已死, 料道不能殺賊, 一手掮了屍首, 一手持刀斷後, 寨後殺出。可憐寨中將士, 殺個措手不及[87], 殺死無數, 其餘傷刀着箭, 往南

---

77 湧(용): 擁의 오기.

78 輕裘緩帶(경구완대): 軍中에서도 갑옷을 입지 않고 홀가분한 옷차림으로 있음을 이르는 말. 전쟁을 하지 않음을 뜻한다. 晉나라 羊祜가 軍中에서 늘 가벼운 옷차림에 허리띠도 느슨하게 한 채 갑옷도 입지 않았으며, 鈴閣에서 시위하는 군사도 10여 인에 불과하였던 고사가 있다.

79 打點(타점): 마음속으로 몰래 작정함.

80 仔麽(자마): 어떻게.

81 中計(중계): 계략에 빠짐.

82 披掛(피괘): 갑옷을 입음.

83 衛霍(위곽): 西漢의 武帝 때 匈奴를 정벌하여 공적을 크게 세운 衛靑과 霍去病을 가리킴.

84 崆峒(공동): 지금의 甘肅省 平涼縣 서쪽에 있는 산 이름. 吐蕃이 출입하던 길목에 있었다. 杜甫의 〈投贈哥舒開府二十韻〉 시에 "몸을 막을 한 자루 긴 칼로, 장차 공동산에 의탁하고 싶다오.(防身一長劍, 將欲依崆峒.)"라고 하였다.

85 罄(경): 磬의 오기. 玉磬. 《國語》〈魯語上〉에 "집안은 경쇠를 걸어놓은 것 같고 들에는 푸른 풀이 없으니, 무엇을 믿고 두려워하지 않으리오.(室如懸磬, 野無靑草, 何恃而不恐.)"라고 하였는데, 집안에 옥경만 걸려 있다는 것은 집안이 몹시 가난하여 천장에 대들보가 경쇠 모양으로 걸려 있을 뿐 아무것도 없다는 뜻이다.

86 甌(구): 金甌. 금속제 술그릇을 뜻하는 말이나, 국토방위가 견고한 것을 이르는 말로 쓰임.

87 措手不及(조수불급): 미처 손쓸 새가 없음. 어찌할 바를 몰라 당황하다는 말이다.

逃生。忽遇一彪人馬，正是祖天定與周翼明兩個將官率領步兵策應。因是紅旗督催，不免趲行，也在疲敝，見了便札[88]營，與招孫計議行止。寨外早來了一陣敗卒，後面又是數萬得勝胡兵冲來，各將叫拔寨厮殺。川浙[89]兵頗是驍健，終是步不勝騎，客不勝主，勞不勝逸，被他殺敗，祖周兩將陣亡。招孫爲護尸首，竭力死戰，因是連戰辛苦，雖手斬數十人，亦爲虜殺，并劉總兵尸首不知下落。喬一琦聞得前軍接戰，忙督麗將前來助陣。不料麗兵最弱，又聽得劉總兵敗死，道："劉爺當日平倭，極有本事[90]！他都不敵，我們怎麽對得?" 心先怯了。纔對陣時，被他鐵騎分作三路，圍繞將來，都不能支，兩員將官都被生擒了，喬一琦爲亂軍所殺。

三路兵馬，劉總兵全軍皆沒，杜總兵只走得劉遇節·王捷兩支，馬林兵馬留得一半，止李如柏帶領賀世賢·李懷忠，已至淸河。因是十八日京師占火星逆行[91]，二十日京師陡起[92]陰霾，狂風大作，黃塵蔽天，忽發赤光，如血射人，長安坊樓吹折，傳旨慰勵東征將士，整飭邊防。楊經略又聞渾河敗報，恐奴酋乘虛深入，忙用令箭撤回[93]，保守腹裏[94]，得以幸存。可憐三路精兵，兩員宿將，千餘員偏裨，都死于沙漠，軍資器械喪失幾數百萬，全遼人心都不固，不知再得何等一班人，可以支持這危遼來。

大勢已成瀾倒[95]，屹然誰砥中流[96]?

---

88 札(찰): 紮의 오기.

89 川浙(천절): 중국 四川省과 浙江省.

90 本事(본사): 능력. 수완.

91 火星逆行(화성역행): 궁중에서 반란을 꾸밀 수 있다는 것을 일컬음.

92 陡起(두기): 돌연히 일어남. 갑자기 일어남.

93 撤回(철회): 철수함.

94 腹裏(복리): 나라의 중심부에 해당하는 지역.

95 瀾倒(난도): 물결이 뒤집힘. 韓愈의 〈進學解〉에 "온갖 냇물을 막아서 동으로 흐르게 하여, 이미 거꾸로 흐르는 데서 거센 물결을 끌어 돌렸다.(障百川而東之, 回狂瀾於旣倒.)"라고 한 데서 활용한 말.

96 砥中流(지중류): 中流砥柱를 활용한 말로, 세찬 물결에도 굽히지 않는다는 뜻. 砥柱는 중국 河南 三門峽에 있는 작은 바위섬인데, 黃河 강줄기 안에 서 있다. 황하의 세찬 물결

是役也, 杜勇而疏, 劉孤軍深入。倘他路有至者, 犄角而進, 縛奴獻闕, 或亦可必。而竟以無輔敗, 眞天亡也。

若慮全遼空虛, 宜盡挑精銳付劉杜, 以大其勢, 鼓行而前, 馬林·李如柏以偏將張虛聲, 固疆宇亦可, 何必狗[97]四路大擧之名!

에도 굽히지 않고 버티고 서 있는 그 형상으로 인해, 세상 풍파를 견디며 굳센 지조를 지키는 사람을 비유할 때에 黃河砥柱 또는 中流砥柱라는 말을 쓴다.

97 狗(구): 苟의 오기.

第五回 作士氣芝岡斬將 死王事台失自焚

塞北征人去不歸，征人思婦減腰圍。
燈搖獨影嗟無主，泣掩孤兒痛苦饑。
淚染寒衾連復斷，夢來清夜是還非。
愁時怕向花陰立，爲有雙雙蛺蝶飛。

三路師敗，人都罪楊經略浪戰，不知師屯一日，日費斗金[1]。若說守，何須多兵；若是戰，豈可令師老財匱。但四路並進，須以漸，又須聲息相聞，犄角[2]相傍，或爲正，或爲奇，一軍失策，一軍可以相救。他這敗，是看得目中無奴，是箇玩；又學王師討賊，明目張膽[3]，先示師期，是箇迂。遂至舉天下軍資精銳，委之于奴。先是塘報[4]入京師，上下震動，朝議以熊廷弼前[5]巡按遼東，預先奏有奴禍，又有威望，陞他大理寺寺丞，前往宣慰軍民；又着李如柏兄弟都督李如楨，代回李如柏，遼東鎮守；賜勑朝鮮，褒恤，仍令他屯兵鴨綠江口，做寬奠・鎮江[6]聲勢；賜勑北關，連屯開原，使他不敢犯開・鐵。

---

1 斗金(두금): 막대한 금액. 수많은 비용.

2 犄角(의각): 호응함. 사슴을 잡을 때에 뒤에서는 다리를 잡고 앞에서는 뿔을 잡는 것으로 잡아당기거나 펴서 늘이거나 하여 군사를 양편으로 나누어 적을 협공하거나 앞뒤에서 견제하는 것을 이른다.

3 明目張膽(명목장담): '눈을 밝게 뜨고 담을 크게 펼친다.'라는 뜻으로, 아무것도 두려워하지 않고 분발하여 일하는 것을 이르는 말. 원래 대담하고 과감하게 일하는 것을 뜻하는 이 말은, 조금도 거리낌 없이 노골적으로 나쁜 일을 하는 것을 비유하는데 쓰인다.

4 塘報(당보): 척후병이 전투에서 깃발로 적의 형세를 살펴 알리던 일. 이 때 사용되는 깃발을 塘報旗라고 하고 신호병을 塘報手라고 한다.

5 前(전): 去의 오기.

6 鎭江(진강): 鎭江堡. 중국 遼寧省 丹東의 북동쪽에 있는 요새지.

此時李如楨雖承命, 且索餉[7], 求頒賞格, 又要議與經略總督抗禮[8], 未就出關, 熊廷弼又一時未到。五月, 奴酋領兵寇撫順, 六月, 領兵數萬, 從靜安堡直搗開原。總兵馬林因聞西虜宰賽入寇慶雲堡, 正領兵防守, 不料奴兵已自直抵城下, 急急領兵, 奴酋解圍城兵馬大戰。終是南兵累敗之後, 心膽先怯, 馬總兵要着人知會[9]城中, 裡外夾攻, 又不能通, 砍撲兩三箇時辰, 馬總兵進退不得, 戰死城下。奴兵乘勝駕雲梯[10]附城, 守城人一見奴兵上城, 便已逃走, 被他大開城門, 放進兵馬, 將城中資蓄盡行擄掠, 婦女恣意姦淫。在城中快活了幾日, 就把城中牛馬車輛裝載回去。遼陽城中見前日張總兵追去失事, 也不題箇追。附近將官兵少, 越發[11]不敢來, 只有北關發兵二千來救時, 開原早已陷了。開原旣陷, 一帶沿江城堡, 威遠·靖安·松山·柴河·撫安·三岔·白家冲·會安堡·馬根單·東州堡·散羊峪·洒馬吉·一堵墻·鹽場·孤山·靉陽·大奠·長奠·新奠·永奠, 都逃入遼陽·瀋陽, 鷄犬皆空。

朝廷聞報, 知得邊情緊急, 又超擢熊廷弼做經略, 代楊經略, 賜他尙方劍, 聖旨將帥不用命的許先斬後奏。初七辭朝, 便飛馬來至山海關。各處徵的兵, 到不過二千, 都是老弱。熊經略只選得八百多人, 便急急出關。奴酋又從三岔堡來攻鐵嶺, 城中百姓已先將家小搬入遼陽·瀋陽, 止得萬餘男子, 鎭守遊擊王文鼎部兵三千, 援遼遊擊史鳳鳴等部兵四千, 各各乘城拒守, 自寅至巳。不料城中伏有奸細, 先是草場中一把火, 次後遊擊公署又火起, 軍民知有內應[12], 一齊逃生。游擊王文鼎便率領殘兵, 奪門[13]逃入瀋陽, 史鳳鳴等皆爲所殺。熊經略聞鐵嶺失陷報, 又有楊經略移文, 道:

---

7 索餉(색향): 군량을 조달하는 일.
8 抗禮(항례): 동등한 예로 대하는 것을 말함.
9 知會(지회): 알림. 통지함.
10 雲梯(운제): 성을 공격할 때 사용하던 긴 사닥다리.
11 越發(월발): 한층. 더욱.
12 內應(내응): 남몰래 적과 통함.
13 奪門(탈문): 성문으로 쇄도함.

「遼陽城中, 李永芳·佟養性親屬衆多, 謀翻城爲變.」 熊經略急赴海州教場, 與楊經略交代。

次日進鎭城, 見沿途逃亡百姓, 差旗牌執旗招諭, 叫他復業。一進城, 拿了箇倡率官民搬運家眷的李知州, 一應[14]出城家眷, 俱令撤回。初四日巡城, 見川兵在城上搭篷[15]住守, 道是示弱, 分付俱于城外札[16]營。又下教場閱視軍馬, 出私財犒賞, 優禮副總兵賀世賢, 以示賞功。初七日, 請監軍陳御史·贊畫劉主事·監軍單副使, 守巡[17]閻參政·韓僉事, 一齊至院, 隨即拿了向來逃將, 一箇是劉遇節, 一箇是王捷, 一箇是王文鼎, 刀斧手[18]俱押過來。熊經略道: "軍法不嚴, 所以人怕韃子殺, 不怕王法殺。若使軍令行, 戰還不死, 逃畢竟死, 自然死戰了。我想當日在撫順, 隨張承胤不戰而逃, 隨杜松又逃的, 不是劉遇節麼?" 衆官應聲道: "是." 熊經略道: "這該仔麽?" 衆官道: "該斬!" 又道: "臨陣背主先逃, 致杜松呼恨切齒的, 不是王捷麽?" 衆官應一聲: "是." 熊經略道: "這該仔麽?" 衆官道: "該斬!" 熊經略道: "鐵嶺城陷, 棄城逃生的, 不是王文鼎麽?" 衆官道: "是." 熊經略道: "這該仔麽?" 單副使道: "文鼎到任一日, 情似可矜." 熊經略道: "主將應與城同死, 今鐵嶺旣失, 協守將皆死, 他豈可獨生!" 就叫拿出去斬首, 一會的砍了, 獻了頭, 以罰罪。隨分付城外設立六箇壇, 一壇是劉·杜總兵, 一壇是潘監軍, 一壇是偏將, 一壇是文臣, 一壇陣亡軍丁, 一壇被殺百姓。親行祭奠, 將三將頭遍獻, 仍大哭, 弔各人之死。北關來賀, 就差通官萬里侯[19]去, 厚行賞賚, 叫他協力同復開原。因軍士缺馬買馬, 馬要料, 差人買料。缺器械, 招集工匠開造。沿邊墩臺[20]拆毁的, 盡行補葺, 撥夜[21]逃亡的, 盡

---

14 一應(일응): 모든. 전부.

15 搭篷(탑봉): 搭帳篷. 장막을 침.

16 札(찰): 紮의 오기.

17 守巡(수순): 守巡官. 明의 행정단위인 道는 分守道와 分巡道, 그리고 兵備道로 나누는데, 이에 속한 관원을 말한다.

18 刀斧手(도부수): 사형 집행인. 망나니.

19 萬里侯(만리후): 王都에서 멀리 떨어진 곳에 있는 諸侯.

行召補。把軍士有甲有馬的, 配與李總兵·賀總兵, 着他防守瀋陽·虎皮驛[22]一帶地方; 其餘衣甲器械不齊的, 着柴國柱管領, 暫行城守。又因李總兵賊陷開原, 奸淫酗酒, 不能邀其惰歸, 截其捆載; 賊陷鐵嶺, 奴酋與西虜奪金帛·子女相殺, 不能乘機斬擊; 又妄報西虜合營三萬, 致驚遼民, 疏劾, 另換了李懷信[23]。又復請器械糧餉, 取討將材兵馬, 把一箇遼東漸漸振作起來。

北關早又來報道: "奴酋要乘經略新任, 事務未備, 傾巢[24]大擧, 入寇遼瀋。因恐先降朝鮮將士乘虛爲變, 盡行殺死." 通知防備。經略回文北關, 叫他赤心報國[25], 以圖犄角。自己復行挑選[26]援兵, 整備器械, 上本奏討保請[27]麻陽·永寧·酉陽·永順·石柱各處士兵, 奏請釋放緣事總兵麻承恩[28]·劉孔胤, 參將張名世, 都司張神武·莊安世, 遊擊周敦吉, 前赴遼陽, 以備戰守。不料奴酋虛聲入犯, 哄我兵馬, 不敢輕離, 他卻陰圖北關, 先差奸細混入北關寨中, 他自率精銳韃賊五萬, 直抵金台失寨。金台失見奴酋勢大, 堅守寨柵[29], 將中國給與火器, 向寨外施放, 也打死奴兵衆多。爭奈[30]奴衆勇猛, 攀緣寨柵而入, 所差奸細又自內殺出, 不過半日, 營寨早已

---

20 墩臺(돈대): 적의 움직임을 살피거나 공격에 대비하기 위해서 영토 내 접경지역 이나, 해안지역의 감시가 쉬운 곳에 마련해 두는 초소. 대개 높은 평지에 쌓아두는데, 밖은 성곽을 높게 하고, 안은 낮게 하여 포를 설치해 두는 시설물이다.

21 撥夜(발야): 撥軍과 夜不收. 발군은 각 역참에 속하여 중요한 공문서를 교대로 변방에 급히 전하는 군졸을 이르던 말.

22 虎皮驛(호피역): 중국 遼陽州의 十里河.

23 李懷信(이회신): 명나라 말기 장군. 大同 출신으로 山西都司를 지냈고, 熊廷弼이 경략이었을 때 總兵을 지냈다.

24 傾巢(경소): (적군이) 병력을 총동원함.

25 赤心報國(적심보국): 마음을 다하여 나라에 충성함.

26 挑選(도선): 선택함.

27 保請(보청): 保靖의 오기. 保靖縣.

28 麻承恩(마승은): 명나라 말기의 장군. 麻貴의 아들. 都督同知, 宣府·延綏·大同의 총병관을 지냈는데, 요동의 원병으로 가라는 명령을 받았으나 수차례 물러나고 피하여 하옥되었다가 죽임을 당하였다.

29 寨柵(채책): 산악지대에 지형을 이용해 건설한 군사 요새를 가리키는 말.

攻破。金台失力戰不支, 爲奴兵所殺, 其子得力革[31], 竟被奴擄去。白羊骨聞得奴酋來攻, 也作準備, 將强弓勁弩布向寨外, 又加火器, 只待奴兵一至施放。誰知奴兵纔至, 纔方合圍, 白羊骨寨中已是火起, 喊聲大作。白羊骨知事不好, 恐被奴酋擄去, 遭他凌辱, 竟將身跳入火中, 自焚而死, 其弟卜兒漢, 爲奴酋擒捉。可憐兩箇忠順韃子, 竟爲奴酋所害。

三韓久矣壯藩籬, 忠順尤爲世所知。
一旦丹心隨焰滅, 邊隅何勝齒寒悲。

此時奴酋中一箇奸細·撫順秀才[32]賈朝輔, 帶一箇十三歲兒子·八九箇家丁, 詐言報效[33], 吐奴酋處虛實, 說目下先攻北關, 回兵到遼瀋, 希圖熊經略用他, 就在遼陽爲奴酋內應。熊經略因想: '奴酋暗襲北關, 仔麽他能得知, 皆[34]竟奴酋用事的人.' 暗將他兒子一審, 果是李永芳與奴酋商議, 着他來的, 馬匹家丁還是李永芳的。熊經略竟將來人砍了, 砍時賈朝輔還道: "再遲半月, 我大事濟了。可恨, 可恨!"

熊經略旣斬賈朝輔, 傳令李如楨·李光榮[35]·賀世賢三箇總兵, 各帶本部人馬, 揚兵撫順, 聲言搗巢, 使奴酋分兵回顧巢穴, 不得盡力攻北關, 也是救他一策。三箇總兵得了令, 也各各整搠[36]兵馬器械, 前至撫順。奴酋知得, 果然先發數千來抵敵, 恰好在撫順關外遇着。此時賀總兵名下兵, 還曾經戰陣, 自己家丁, 都是降夷, 也有本事, 故此見賊到, 奮勇相殺。這

---

30 爭奈(쟁내): 어찌 하랴.

31 得力革(득력혁): 尼雅哈을 가리키는 듯. 金台失의 아들로 해서여진 예허부를 이끌었고, 누르하치에게 항복해 좌령 관직을 받았다.

32 秀才(수재): 州나 郡에서 뽑아 入朝케 한 才學이 뛰어난 사람을 가리키는 말.

33 報效(보효): 은혜에 보답하려고 정성을 다함.

34 皆(개): 畢의 오기.

35 李光榮(이광영): 명나라 말기의 장수. 총병 官秉忠이 遼陽에 주둔하고 그는 廣寧에 주둔하면서 경략 楊鎬가 瀋陽에서 지휘할 수 있도록 하였다.

36 整搠(정삭): 정돈함. 정비함.

兩箇總兵, 他部下聽得韃兵到, 都札[37]在林子裡, 再催不上前來。喜得韃兵見林子內有旗有塵, 道是有伏, 不敢殺入。賀總兵因是孤軍, 恐難當抵, 也不深進。兩下[38]各自退回, 竟也濟不得北關之事。

窮邊屬虜望旌旗, 塞上貔貅[39]怯鼓鼙[40]。
飽食不堪攖一戰, 諸君何以答君知。

當日沿邊屬夷, 南北兩關是王台子孫, 最忠順, 有心爲國的, 今日爲他所破。還有箇宰賽, 雖無心爲國, 卻恃强與他相抗, 開原失時, 他領兵來, 要奪奴酋擄掠的金帛子女, 大相攻殺。宰賽蠢, 奴酋狡, 被奴酋劫寨拿去, 把他名下有謀勇的將官殺死, 獨留宰賽作當, 放在地窖裡邊, 使人與宰賽娘子[41]說: "若助兵同攻天朝, 方纔還他." 更有西虜炒花[42]一支[43], 他又着人與他連和。從此河東一帶, 再沒一箇爲他後患的, 他越得領兵深入, 恣意侵擾了。但說他回兵攻遼陽, 熊經略雖是赤心爲國, 只是外邊沒了爲我的屬夷, 裡邊又是那些怕韃子不怕朝廷的一班將官 · 一班兵士, 如何振肅[44]得來, 如何保得遼陽 · 還得爲復開 · 鐵張本[45]!

楊經略整[46]理于遼禍方始之時, 熊經略經理于遼事極壞之際, 而楊竟敗衂, 熊猶固遼年餘, 雖有小衂, 未至大敗, 久任未必無成, 卽其信賞必罰。

---

37 札(찰): 紮의 오기.
38 兩下(양하): 양쪽. 쌍방.
39 貔貅(비휴): 古書에 나오는 맹수 이름. 용맹한 군대에 비유하는 말이다.
40 鼓鼙(고비): 騎兵이 馬上에서 울리는 작은북. 적이 쳐들어올 때 신호로 치는 북이다.
41 娘子(낭자): 아내.
42 炒花(초화): 抄花, 炒哈, 爪儿图, 洪巴图鲁, 叶赫巴图鲁, 舒哈克卓哩克图鸿巴图尔 등으로도 표기됨. 명나라 때 蒙古의 內喀尔喀五部의 영주였던 和尔朔齐哈萨尔의 다섯째 아들이다.
43 一支(일지): 남의 일가를 멸시하여 이르는 말.
44 振肅(진숙): 어지러워진 규율을 엄숙하게 바로잡음.
45 張本(장본): 방안. 계획.
46 整(정): 經의 오기.

實心任事, 亦可云不愧乃職, 卒令罷去, 殊有遺恨。

中國有叛將逃官, 而金台失·白羊骨能死, 是中國不如夷[47]也。

47 中國不如夷(중국불여이): 《論語》〈八佾篇〉의 "공자께서 말하기를, '오랑캐들도 임금이 있으니 중국에 없는 것과는 같지 않다.'고 하였다.(子曰: '夷狄之有君, 不如諸夏之亡也.')"가 참고 됨.

찾아보기

〈ㅈ〉

영인자료

요해단충록 1

『古本小說集成』 72, 上海古籍出版社, 1990.

여기서부터는 影印本을 인쇄한 부분으로 맨 뒷 페이지부터 보십시오.

《古本小說集成》編委會編

遼海丹忠録

上

〔明〕孤憤生撰

上海古籍出版社

全國高等院校古籍整理研究
工作委員會規劃重點項目

古本小說集成編輯委員會

顧問

周　林　鮑正鵠　顧廷龍

編委

安平秋　李田意　李致忠　柳存仁
侯忠義　馬幼垣　袁世碩　徐朔方
章培恒　楊牧之　魏同賢

前言

苗壯

《遼海丹忠録》全稱《新鐫出像通俗演義遼海丹忠録》，八卷四十回。題「平原孤憤生戲筆」、「鐵崖熱腸人偶評」。首有序，署「時崇禎之重午，翠娱閣主人題」。今存明崇禎間翠娱閣刊本。

關於本書之作者孤憤生，顯係與「熱腸人」為同一人，即陸雲龍之弟。清乾隆間歸安姚氏所刊之《禁書總目》中，列有《遼海丹忠録》，題陸雲龍作。雲龍，即翠娱閣主人，字雨侯，明末浙江錢塘人，曾作小説《魏忠賢小説斥奸書》。但書序明言「此予弟《丹忠録》所繇録也。」知作者非雲龍而為其弟，名不詳。從所作小説看，其弟當是關心國家政事，時有「孤憤」的「熱腸人」。書無刊刻年月，序末所署「崇禎之重午」，或為庚午（崇禎三年，一六三〇）之誤，或兼庚午年端午日。書中叙事止於袁崇煥就逮，事在三年三月，而未涉及其八月被殺，故不會是崇禎十五年之壬午（一六四二）。

本書是明朝人寫的反映遼東戰事的時事小説，記事起於萬曆十七年，迄於崇禎三年春，叙寫後金的興起，薩爾滸之戰，廣寧失守，寧錦保衛戰等重大戰役，再現了遼東軍民與後金軍浴血奮戰的場面，反映了明末軍政的腐敗和明清之際的風雲變幻。小説重點是寫毛文龍一生，寫他棄儒從戎，受命於危難之時，用計收復失地，經營海上，抗擊並牽制後金兵馬，成為遼東戰場上一支重要的軍事力量，後被袁崇煥誘殺。對於毛文龍的功過，自明末便聚訟紛紜，本書是為其辯誣之

作。正如序中說：「顧鑠金之口，能死豪傑於舌端；而如椽之筆，亦能生忠貞於毫下。」作者之「孤憤」，實針對明末現實。作品取材於現實，依據塘報奏議等史料，采取史書紀年的體例而創作的，故從文學角度衡量，本書重於叙述，而輕於描寫。但「其詞之寧雅而不俚，事之寧核而不誕，不剿襲於陳言，不借吻於俗輩，議論發其經緯，好惡一本於大公」，也自有其特色。

序

一腔熱血洒何地不洒
於國爲誰洒乎所可痛
者賀蘭山下之俠骨猶
橐訴詈之聲錢塘江上

之鴟夷祗快忌嫉之口此忠臣飮恨九原傍觀者亦爲之憤懣也如渾河之殉爲違制鎭武之殞爲淚戰老謀籌國竟

以左排右擠先揚王而
傳首九邊至遼海所恃
爲長城者鑱而殺之至
釀逆胡犯闕不得竟牽
掣之功所爲靑徐蜃氣

猶爲吐寃氣於天壤濵渤濤聲猶爲瀉寃聲於昕夕檀子若在胡馬寧至歛江哉顧鑠金之口能死豪傑於舌端而如

椽之筆、亦能生忠貞於
毫下、此予弟丹忠所繇
錄也。至其詞之寧雅而
不俚、事之寧核而不誕、
不勦襲於陳言、不借吻

於俗輩。議論發抒其蘊
緯。好惡一本於大公。其
眼者自鑒之。予亦何敢
阿所好乎。因其欲付剞
劂也。謹發其意以弁諸

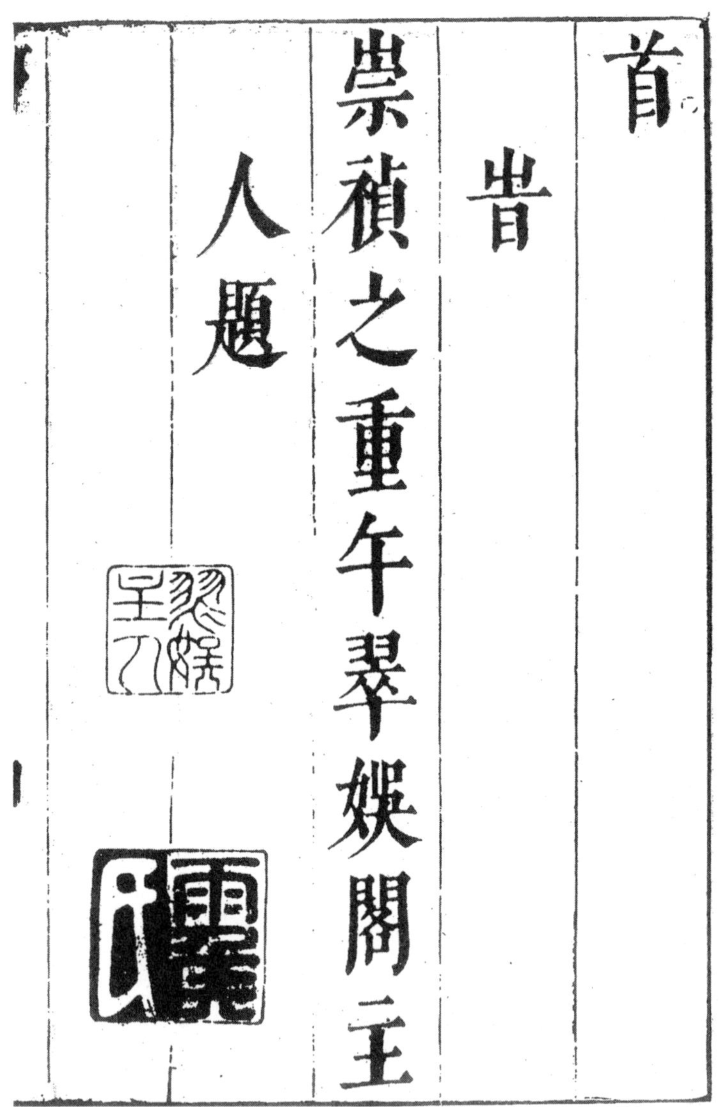
首

旹

崇禎之重午翠娱閣主

人題

丹忠錄目次

卷之一

第一回

斬叛夷奴酋濫爵 急備禦群賢伐謀

第二回

哈赤計襲撫順 承胤師覆淸河

第三回

拒招降張旆死事 議勦賊楊鎬出師

第四回

卷之一

牙旗折報杜松亾　五星鬭兆劉挺死

第五回

作士氣芝岡斬將　死王事台卢叅自焚

起

萬曆四十七年　至

萬曆四十七年秋

丹忠錄目次

卷之二

卷之二

禁西夷牽東虜　撫南衛固西河

第十回

過遐島嶼撫窮民　夜戰鎮江擒叛將

起

萬曆四十七年秋

天啟元年夏

丹忠錄目次

卷之三

卷之三

群賢憂國薦才　奇士東征建節

第十五回

陳方畧形成聚米　分屯駐勢合聯珠

起

天啟元年夏　至

天啟二年

丹忠錄目次

卷之四

卷之四

駿[illegible]假復金州 杜貴大[illegible]滿洲

第二十回

亮馬佃官兵破賊 牛毛寨賊衆再劫

起

天啟二年秋 至

天啟三年七月

丹忠錄目次

皇恩兩勑褒忠　偏師三戰奏捷

第二十五回

天神頓息邪謀　急雨盡消賊計

起

天啟三年秋　至

天啟五年春

丹忠錄目次

卷之六

第二十六回

建重關朱張死節　遏歸虜茂春立功

第二十七回

聖眷隆貂璫遠使　朝鮮封唇齒勢成

第二十八回

寧遠城火攻走賊　威寧海力戰牽奴

第二十九回

官軍奇撓羶奴　裨將潛師獲虜

第三十回

亟拯恤寒儒生色　請附試文脈重延

起

天啟五年春　至

天啟六年

丹忠錄目次

卷之七

卷之七

潘總理寧遠奇勛　趙元戎錦州大捷

第三十五回

疏歸不居寵利　奏辨大息雌黃

起

天啟七年春　至

崇禎元年

丹忠錄目次

卷之八

卷之八

後患除[illegible]虜入寇　大宋失羣賢崩師

第四十回　率

督師自褒前功　島兵克張先烈

起

崇禎元年　至

崇禎三年春

目次終

斬叛着微勞

紛紛金繒去如點
隶自提和戎有
勝算

烽火四震京
樞臣予遠征
二

身經百戰奏奇功

三
一旦丹心
邊隅同

擾攘孤城嘆不
支戰多膏血
飽胡兒

挾盡步睢陽心
堅百鍊淵

枯槁皆生色
歡呼滿海涯

六
一鞭驕馬去匆々
避敵初欽效古公

各抱忠君志
齊懷殲敵心

列嶼成星宣
居中掌象尊
七

八

45

輕兵直遏胡南牧
應是三韓第一功
九

就地起洪濤
舟輕似一毛

49

大將勒兵入不

大將謀襲神鬼
十一

変起蕭墻嘆莫禦

王师集不责平
贼片时间
十二

帥
鐵石似心堅豈
爲浮言奪
汪美宇鐫

霖雨消妖焰
神兵破鬼謀
十三

報國苦無身
罵賊徒有舌

十四

莫道火攻為下策
已看折軸委荒烟

王師神百戰
虜騎自分崩
十五

急浪鼓神龍
輕風惜大鵬

漢兵奮進擊
醜虜如雨散
十六

十七

63

兵威無敵通
血戰掃鯨鯢

報國真心天
十八

永脫難柔城
還登大將臺

十九

歡情浹洽醉顏酡

69

障承遺烈
犁庭繼夙心

新鐫出像通俗演義遼海丹忠錄卷之一

平原 孤憤生戲草

鐵崖 熱腸人偶評

第一回

斬叛夷奴酋濫爵 急備禦群賢伐謀

千古君臣義、顛危不可棄。
熱血須教洒一腔。屍沉馬革夫誰避。
薪何嫌。預謀徙。激誓令竝爲起。
此身、許、國家何知。一笑九泉無所愧。

丹忠錄 第一回 一

英雄語格韻俱高

忠不祈。君王鑒、事何煩。史臣記。

男兒自了男兒志。無愧此心而已矣。

從來五倫第一是君臣。這君臣不消說到爲官受祿上。凡是在王之土。食土之毛的。也便戴他爲君。我就是他的臣了。况是高爵重祿。樂人之樂者。豈可不憂人之憂。食人之祿者。豈可不忠人之事。但世亂纔識忠臣。那忠臣又有幾等不易識。有一等是他一心爲國。識力又高。衆人見是承平。他却獨知有隱禍。任人笑他爲痴爲狂。他却開人不敢開

之口、發人不能發之機這乃先事之忠有一等獨
力持危、膽智又大衆人都生推託他都獨自爲撐
回、任人笑他爲愚爲戇他却做人不敢做之事救
人不能救之危、這乃是巳後事之忠這還是忠之
有益的一等當時勢之難爲與其苟且偷生把一
箇降畱臭名在千年付一箇遊、畱殘喘于旦夕不
如轟轟烈烈與官守爲存亡或是刎頭繫頸身死
疆場或是冒矢衝鋒骨碎戰陣這雖此身無濟于
國家都也此心可質之天日還有一等以忠遭疑

以忠得忌欽錚錚一副肝腸任是流離顛沛不肯改移熱騰騰一點心情任是飲刃斷頭不忘君父寸心不白功喪垂成一時幾昧是非事後終彰他忠藎這又是忠之變忠之奇這干忠臣歷代都有就是我朝也不乏人更經　神廟　三朝鼓舞作興更覺忠臣輩出也只是逆酋奴兒哈赤倡亂之時這奴酋原是殘金子孫世居遼東塞外建州地方背枕長白山西臨鴨綠江人生來都狡猾強悍國初歸降曾封他酋長做都督其餘部下各授指

誰知是誑、

揮千百戸等官、他遠祖姓佟、也世襲指揮職、後
來成化間、都督董山作亂、萬曆間、都督王杲作亂、
都發兵勦殺、勦王杲時、他祖爺名喚叫塔失、
也都效順、爲官兵向導、死于兵火、此時哈赤同兄
弟速兒哈赤、都年紀小、不能管領部下、遼東總兵
李成梁憐他祖父死于王事、都收他在家、充作家
丁、撫綏他也有恩、這奴酋却也乖覺、就習得中國
的語言、知得中國的虛實、博覽書史、精于韜鈐武
畧、過人、弓馬純熟、後來也得李總兵力、襲了箇建

丹忠錄　第一回　三

蛟龍得雨

精快其[illegible]

闖指揮。有了官銜，便可駕馭得人。他便將舊時部下遣言招撫，不服的便發兵征討，海西一帶盡已畏服他。到萬曆十七年間，木札河夷人克五十，他來柴河堡地方擄掠牛馬，殺壞軍民。守堡指揮劉斧督兵追捕，不防他躲在溝中，跳將出來，一箭把一箇劉指揮射死，驚散追兵。後來合夷漢兵去討他，克五十猛勇，官兵不敢近。虧得奴酋父子兵來，見了笑道："這幾箇毛韃尚不敢敵他，待我來。"止住兵，躍馬出戰，不一刻斬了克五十，併他部下，獻

功。

斬叛着微勞。　饑鷹誓就緤。

西風若相借。　肯憚九天高。

總鎮奏了他的功績。　朝議加他做都督。此時遼
東邊上韃子止得王台子孫南關猛骨孛羅北關
金台吉是都督他如今與兩關一般官職已是大
了。又許他鈐束毛憐建州各衛。他得倚勢欺壓各
部。且又因斬克五十時窺見官兵脆弱。更有輕中
國心。據山做箇老寨。這山四面斗絕人不可攻老

寨皆是峻嶺高山。左首立一董古寨。右首立箇斬荷寨。面前排列着閆王。牛毛。甘孤里。古墳。板橋。柳木等六寨。將本處出貂鼠皮。人參。交易中國外夷。金銀糧米。好生富饒。所以兵精糧足。近着他部夷。如張海。兀喇都已遭他吞併。便遠些的他寨中出有鎭塞。他收來和麵。做成乾糧。先期與這八箇見于屏退從人計議。各領一支人馬。或做先鋒。或做後隊。或做正兵。或做奇兵。恰似風飛雷發。人不及知早已爲他殺害。只是他雖殘殺部屬還未渡太

江到萬曆二十九年他乘南北關兩家相爭[illegible][illegible]
助北關[illegible]了南關都督猛骨孛羅已直[illegible][illegible][illegible]
地了後來又將孛羅殺死止存得兩箇兒孫 朝
廷宣諭責他擅殺他不得已還他次子革庫管[illegible]
南關把他長子吾兒忽答招做女婿留在自己寨
裡蓋因他地方山險不能屯種南關地方膏腴[illegible]
以耕植故此要做撫養吾兒忽答爲名佔他[illegible][illegible]
廷至三十八年他竟着兒子莽骨大修築南關寨
柵[illegible]大靖安堡結連西虜宰賽煖兎寬們[illegible]屠[illegible]

此正經略之謀

陽。恰値熊廷弼巡按遼東。知他奸狡強横。異日必爲邊患。上本要撫北關。作我開原屏蔽。收撫寧寨。緩兎離他羽翼。四十年他兄弟速兒哈赤是箇忠順人。屢次勸他不要背叛中國。自取夷滅。奴赤當了。一日請他寨中喫酒。叫心腹韃子哈都將他腦後一鎚打死。那邊奴酋兒子洪太貴永哥將他寨圍住。金帛子女一齊抄擄。巴卜部下韃子都收入部下。長子洪巴兎兒也屢屢不盡忠不要侵犯中國。奴酋也把來囚在寨中。四十一年。他來去擾

害女壻魚皮韃子酋長卜台吉。台吉道勢孤。抗他不得。領了部下逃到北關都督金台吉部下。不知這奴酋正有意、要圖北關。就借此爲名。起兵與北關佗殺一日着兒子分路領兵擄掠北關地面。將他寨柵焚燬了一十九座。總督是薛尚書三才。道前日不救南關。使猛骨孛羅遭建酋殺害。已爲失策。今日若不救北關。使被他吞倂。一來失開原屏蔽。二來失北關平日向化之心。三來長奴酋跋扈之氣。建議增兵四千在開原各堡屯札。以援北關。

非無老謀壞于麻人之不見机而見形、

制之愚而奇

制奴酋又翟御史鳳翀巡按遼東他熟觀事勢
目前之局要急救北關以完開原上本請添兵駐
札清河撫順與奴酋巢穴相近以牽他肘腋使他
不敢妄動開原參議薛國用又道兩關地極沃饒
建州多山不大可耕種不若令奴酋退還原佔南
關所轄三岔撫安柴河靖安白家冲松子十六堡則
奴酋雖然强大不得不向清河撫順求糴這便我
有以制奴死命奴酋緣何敢妄想開原這時撫臣
還怕失哈赤心不欲是薛參議抗論說撫安是鉄

非無治法恨無治人後終貽禍耳

嶺要害斷不可失就因翟御史巡按清河立了界碑又撫按會議把撫順守備改做遊擊與清河遊擊各統兵一千若奴酋出兵攻打北關便會同遼陽出兵直擣他巢穴這雖不錄錄爲北關卻是係全北關良法中朝佈置已定果然這奴酋要窺伺開原卻嘗不得北關屏蔽在邊要矚過他入犯怕是首尾夾攻欲待先除北關又怕北關一時未下清撫兵已入他穴中這便首尾失據只得詐爲恭順有個部下夷人宗爾入邊搶掠他都斬首來獻

遼海丹忠錄 第一回 七

要息緩我中國防他的心他的心腸何嘗一日忘了中國忘了北關只是要相時而動正是

網張鷙鳥姑垂翅　檻密豺狼且斂威

以夷攻夷古亦嘗用之顧唐用回紇攻安史寇亦受回紇之禍遼以阿骨打攻阿速寇起阿骨打之戎心且爲我用固有石砫司之效忠不爲我又有水藺之隱禍而廣寧之倚西虜竟亦爲充饑之畫餅則亦非長策也謀國恃于人而毋恃人

徙薪之謀。蓋亦多人。而究有爛額之慘。則不能
無恨于守土者也。

第二回 八

恨恨無極

第二回

哈赤計襲撫順　承衞師覆清河

上策伐謀中設險重關百二憑高望烽墩

堠接豈云難恃惟是帷中疎遠閫軍罷轉

僨先披靡等閒間送却舊江山無堅壘

嗟紅粉隨胡騎盻金繒歸胡地剩征夫殘

血沁墝猶漬淚落深閨飛怨雨寃迷遠道

空成祟想當年方召亦何如無人似

右調滿江紅

光邊積習

光

想國家爲邊隅計極其周詳即如遼東河東以鴨
綠江爲險淸河撫順爲要害設城宿兵聯以各堡
烽火相接又于遼陽之北建立開原鐵嶺瀋陽三
鎮遼陽之東建立寬奠一鎮濱海有金復海蓋四
衛輔車相依臂指相應豈曰無險又每堡有兵領
以守備其餘要害處宿以重兵領以參遊監以帥
道巡道總鎮處控制以巡撫總兵轄道無人敢是
成平日久各堡額兵半爲將領隱占便有幾箇也
不曉得仔麼是戰仔麼是守身邊器械無非是[illegible][illegible]

賊態

鎗戟銹刀見幾箇賊人來掩一掩堡門放一把火豎一杆號旗便了故事這原是不堪戰的却亦不堪守堪戰的不過是遊兵標兵却內中也有隱佔原無兒數時常操練也只應名就是幾箇零星韃賊入境也畢竟讓他去了後邊放幾箇砲趕一趕了事也不曾經戰陣也是沒帳黃子所恃是有幾箇留心邊務的文武不顧情而清隱佔便兵無虚冒汰老弱使兵多精悍又時時比驗他武藝番驗他器械鼓他的意氣又不去科斂椎其撫綏結之

丹忠錄　第二回　二

以恩然後有罪必刑加之以威如此地利得人和可守無奈武官常受制文官只顧得剝軍奉承撫按司道這些撫按養尊不肯做操切的事邊道一年作一考只顧得望陞得日過日那箇實心任事此所以一有變故便到不可收拾當日遼東這幾箇留心地方的撫按去了見任的巡撫是李維翰總兵是張承胤見歇了年餘不見動靜也便不在心上這時是萬曆四十六年四月側該撫賞不料哈赤設下計策十五日先着些部下夷人來領賞

雖云不意亦是玩事

自巳帶了些人馬。悄悄隨在後邊。遠遠日守撫順遊擊。姓李名永芳。他循着舊例。帶了些從人出城犒賞。方纔坐得定。只聽得一聲喊起。趕上幾箇韃子早把李遊擊按番綑了。

紛紛金繒委氈裘。自擬和戎有勝籌。
蜂蠆一朝興腊裡。也應未免檻車[illegible]

他身邊幾箇內丁急待救時。又轉過幾箇韃子[illegible]刀亂砍。盡皆驚散。城中聽得。也便鼎沸。都沒了[illegible]主將。沒人做主。慌慌的也沒箇劃議。閉門守備[illegible]

錄　第二回　二一

見賊門外塵頭蔽天早已一應人馬徹亟直[illegible][illegible]擊公看四門分人把守不許百姓出入都是督[illegible]就在城中坐堂各鞭子推過李承芳李永芳他[illegible]巳慌做一團喜得哈赤身邊站着一箇官姓佟名養性原是哈赤宗族向來在遼陽總鎮標下做一箇把總與哈赤打探鎮撫消息的後來張都院知道要處他他便逃入奴酋寨裡做箇軍師向前[illegible][illegible]李將軍如今時節輕武重文做武官的擔了一箇剝軍的罪名權來只勾得總鎮守迎節禮生辰還

有討薦謝薦那裡得義請妻子若少不足便生憎
凌辱好不受他氣況且你失了地方料回南朝不
得不若背了同享富貴哈赤又道你若肯投降僚
畢竟重用李永芳在下想一想道日來軍敗慶勉
便是失機也不就殺只是宦囊已被奴酋劫去沒
得貪緣畢竟不得幽監門不若投降且得一時快
活便高聲道若蒙不殺情愿投降哈赤大喜便分
附道李將軍家小不許殺害他衙中行囊不許劫
掠只是李永芳妻趙氏鬧得永芳被提鞭兵入城

第二回 四

早巳自盡哈赤知道道不要慌我賠你一箇夫人罷、就把一箇女兒配與李永芳便差他同修養城在城中將婦女不論有無姿色并丁壯百姓的金帛牛羊馬匹庫藏中錢糧軍火器械一齊收拾上車陸續差人押解到老寨交割這廂墩臺上烽烟齊舉塘報的飛報入遼陽城來張總兵聽了驚得魂不附體忙來見李巡撫傳鼓進去半晌李巡撫開門出來相見巳是面無人色半日做得一聲道塘報是失了城池拿了將官料是遮掩不得一箇

失機罪名唯有急發兵追趕或是殺得他些首級
奪得些擄去的男女牛羊馬匹還可贖罪張總兵
道只恐我這邊兵去奴酋已去遠了李巡撫道沒
有箇做地方官聽韃子自來自去的一定要去趕
趕不着早請添兵添餉去勦他事不宜遲可即便
發兵也不顧這些兵是戰得的戰不得的張總兵
唯唯而退忙傳令分付標下整備乾糧器械李撫
又牌取正兵營副總兵頗廷相奇兵營遊擊梁汝
貴各帶本部人馬會同張總兵部下共有三萬餘

第二回 五

勇征圖

[illegible]征想

人。即日出征。上下慌得緊。出兵急得緊。也不管人是老的弱的正身替身器械是有的沒的利的鈍的、放上三箇大砲慌慌出城。梁遊擊做了先鋒頗總兵做了合後。張總兵自統中軍部下的這些總哨官兵都許神願不要撞遇韃子、得他先去應一箇趕的名罷、或是天可憐收拾得他幾箇剩下。不要的老醜婦人、跟走不上的老弱百姓散失的騾馬牛羊、或是僥倖再得幾箇、貪擄掠落後失了隊的零星韃子、拿來殺了、還可做功、馬不停蹄。行了

兩日人心漸懶步伍漸亂二十日將到撫順奴酋已自將城中所有都搬得罄盡又將部下人馬將養了兩日丟了一箇空城前去哨馬見了忙來回報軍士們聽得韃子去了都生歡喜只是張總兵道來了兩日城又失了死韃子不曾得得一箇砍他頭報功怎生回去恰好李巡撫又差紅旗官催督道將領有退縮不行追趕的便斬首號令張總兵聽了傳令叫再趕軍士走了兩日正待歇下不期總兵督促只得前行又是一月哨馬報遠遠使

丹忠錄　第二回　十六

上奏兵情

山有紅白標子數十杆。韃兵萬數。屯住。張總兵傳令吽各軍準備火器。前往厮殺。這些軍士只說照舊例趕一趕。見那箇有甚厮殺肚腸。聽了好生與驚。却又塵頭亂起。哨馬來道。韃兵回標來了。張總兵分付管火器官。快放火器。眾人果然冒着塵尸尸月月。把那鳥嘴佛狼機襄陽砲亂放。一陣烟打箇不歇手。可煞作怪。打時。韃兵兜住馬不來。都打箇空。一放完。正待裝放火藥鉛彈。時他人馬風雨似來了。梁遊擊見了。便率兵首先砍殺。朴做一處。

總鈔計議

張總兵與頗總兵也率兵努力夾攻爭奈他逸我
勞我兵無必死之心他却是慣戰之士正在酣戰
之時忽然添出兩支生力韃兵從傍殺來一裹把
官兵圍在垓心箭似雨點般射來總兵部下領兵
指揮白雲龍他原領着本部兵在後慢慢看風色
前邊勝便乘勢趕殺不勝可以退避這番韃兵勢
來引兵一縮早巳縮出圍外千總陳大道見虜兵
勢來得勇猛怕遲些難以脫身趂圍未合也只一
溜兩箇不顧總兵一道烟自先走了這邊張總兵

遼海丹忠錄　第二回　七

勇如

見兵馬逃的逃死的死料道不支吽說且殺出去渠遊擊便冲了鋒兩箇總兵做了後繼家丁簇擁好不拚命相殺爭奈這些韃子憑着馬只顧亂滾將來就是砍得他一兩箇人倒一兩匹馬倒他纔邉隨即湧上來並不肯退任着這三箇將官盡兵奮勇冲殺莫想肯退一步讓一條路見渠遊擊殺得性起大聲喊殺身上中了五箭全不在意不料一箭復中咽喉翻落馬身死顔總兵也帶重傷落馬被馬踏做肉泥張總兵爲要突圍苦苦冲殺

亦遣奴兵砍死。

草染英雄血。塵埋壯士身。
野人收斷戟。嫠婦泣征人。

其餘將士逃的生。戰的死。只一陣把三箇大將。百十員偏裨。三萬兵士。併三萬人資糧器械。盔甲馬匹。都丧于奴酋。附近居民。無不逃入開原鉄嶺瀋陽等處。守堡將士。都惶惑不自保。總之近來邊將。都是處堂燕雀。平日守不成箇守。所以容易爲夷人掩襲。到戰也不成箇戰。自然至于覆敗。卒使發

虜得以逞志逞強。喜孜孜不惟得了撫順一城蓄積。還又得這一戰軍資。回軍建州。喪師辱國。有不可勝言者。

運籌無壯畧。一戰竟輿屍。
嘆息民膏血。全爲大盜資。

奴酋討襲撫順。蓄謀已深。而以倉卒之師追之。適自敗耳。至謂紅旗催戰。爲敗軍之媒。則守土者將。任其虛而來。飽而去乎。恐如楨之坐視閒鈌。亦不任受罪也。

戰有戰氣。聊以免罪。氣先餒矣。何得不敗。

... 第二回 九

第三回

拒招降張旆死事　議勦賊楊鎬出師

迢迢烽火映三韓。野戍孤婺泣未乾。
幕府阿誰揮羽扇。雄關空想塞泥丸。
聲殘鼙鼓將軍死。馬載紅粧逆虜歡。
惆悵邊隅幾多恨。蕭蕭短髮舞風寒。

嗟乎。國家有死事之臣。可爲國家扶正氣。不知今日死一將。便已敗一陣。明日死一官。便已失一城。却已傷了國家元氣。壞了國家之事。至于用人罪

遼栢亦是世將

竟要揣量得這人勝得這事來方纔假他權柄不然勉强尋一箇人出來卻這擔子與他這人又不量承了去一時也糊塗過只是如民生何如國事何遼東自張承胤敗死了李撫就一面具本題知一面行牌整飭全遼兵備又發兵協守要害地方此時京師正陽門外河水發紅如血內外驚恐接這邊報兵部連忙具題道張承胤已死急須另推總兵原任總兵李如栢他是遼東鐵嶺衛人習知遼中情事又父親李成梁向做總兵鎮守遼東兄

李如松曾做總兵督兵在朝鮮平倭貴州平播是箇世將用他鎮守遼東李維翰失事另用一箇楊鎬他曾爲遼東巡撫又曾在朝鮮做經畧如今仍陞經畧還又道山海關是箇重地起一箇原任總兵榆林宿將杜松使他屯兵山海屢次總兵建功朝鮮及播州的大刀劉挺更有柴國柱等一千名將都取來京師調用立一箇賞格斬奴酋的與他千金世襲指揮加張承胤官賜謚賜祭立祠賜名旌忠以報死事勵生者楊鎬李如栢 命下即令

丹忠錄 第三回 二

就道楊鎬便巳于五月廿一日出了山海關。

烽火遍宸京、謳臣事遠征

頻揮白羽扇、刻日犬戎平。

至遼陽只是四方徵調一時未得到遼、全遼喪失士馬二三萬、一時招補不來、奴酋細作佈滿遼東。他先趂着楊經畧未出關時、分三支人馬去攻撫安堡三岔堡白家冲堡這三箇小堡如何當得他大隊人馬、盡被他佔去了、到了七月他探得經畧雖來、兵馬還未集、他又親領了精兵萬數竟從鴉

鵰關進來。攻打清河城。這城是箇要害地方。原有
參將鄒儲賢把守。楊經畧因料是奴酋必攻。又調
一箇援遼遊擊張旗。領兵協守。共兵六千有餘。百
姓不下數萬。這兩箇將官也是留心守備的。一聽
得奴兵入關。便就在城上擺列擂木砲石。兩箇分
城死守。只見二十二日早晨。

鼓角連天震。旌干匝地橫。
胡弓開月影。畫戟映霜明。

二將登城一看。奴酋騎了一匹黃驃馬。打着面[illegible]

雖非萬全亦可言勇

龍驊兩箇兒子莽骨大巴卜太與兩箇叛將佟養性李永芳護衛在兩傍把鞭稍兒指揮夷兵圍城那張遊擊看了面如火發對鄒參將道這奴酋他自恃累勝公然立馬城下指點三軍傍若無人我不若乘他不意率領精兵五百直取奴酋若殺奴酋賊兵無主自散了倘不能取奴亦須斬他幾箇首將以死報國鄒參將道將軍雖是英勇但張總兵以三萬人敗于奴手今將軍欲以五百人出戰何異羊投虎口不若堅守城池待救兵來至那時

奴酋或是分兵往敵我就可內外夾攻他若退去
我就可掩其歸師這還是萬全之計張遊擊道城
小救遲倘不能保與其坐以待斃不若決一死戰
耳鄒參將道終是守安戰危還從守兩箇遂分守
城堡矢石齊下也打死了好些韃子衆韃子便頭
頂門板抵着矢石下邊用鍬掘城二將又將火器
打去自寅時攻守到午時光景城東北角漸漸柵
額張遊擊自持大刀親擋其處却見這干韃兵俱
頂一箇打死韃賊逼向城來守城的還只道是他

第三回 四

將來抵箭的。不料他向城邊一齊撇下。堆積竟與城平。一千勇猛韃兵跳上屍骸。竟上城來。張遊擊聽得趕來。手起大刀。連劈十數箇韃賊。只是韃兵抵死不退。守城的都拋城顧家。衆寡不敵。竟遭韃兵殺害。

知膽斗疑大。忠心石共堅。
猶思爲厲鬼。爲國靖烽烟。

鄒參將在城上防守時。恰值李永芳在城下率領賊兵攻城。遠遠道。鄒將軍不須苦戰。不如學我同

鄒張死忠

皇上榮華鄒參將便指手罵道叛賊朝廷差你守城
不能守禦反行降賊今日恨不得斬你萬段肯學
你歹樣永芳憤怒催兵攻城早已東北城陷城中
火起鄒參將便下城率兵巷戰不能抵格鄒參將
道反爲叛賊所擒便拔出佩刀自刎而死

苦戰野雲愁　吞胡志未休
肯將忠義膝　輕屈向氈裘

城中軍士六千餘人盡皆死戰不降百姓萬餘人
强壯的都被他驅迫從軍老弱的盡皆殺害婦女

第三回　五

差撥

有顏色的帶去、老醜的也將來殺害。自三岔堡、至孤山堡、堡墻盡皆拆柵。房屋盡皆燒燬。奴兵未至、靉陽寬奠地方、人民聞風迯散、拋家棄業、哭女呼兒。又有一千奸棍敗兵、乘勢搶掠、甚是可憐。比及參將賀世賢、聞警率領部下來援、早已去遠。止將他押後夷兵追擊、斬首一百五十四級。中國失亾、却也不可勝計了。此時 朝廷要重楊經畧的權、特賜他尚方劍、使他得便宜斬砍。楊經畧便將來斬了先從張總兵陣迯、今又棄孤山不守的千總

陳大道。移文催取各鎮兵赴遼。酌量進勦。自巳坐
鎮遼陽。分總兵李如栢出守瀋陽。適值哈赤領兵
自撫順來。窺伺瀋陽。遇着李總兵。被李總兵督兵
砍殺。殺了他前鋒七十餘人。奴酋見失利便行退
去。這廂援遼兵士。宣府、大同、山西、三處發兵一萬
延綏、寧夏、甘肅、固原、四處發兵六千、浙江發兵四
千。川廣山陝兩直。各發兵五七千不等。又有永順、
保靖、石砫、各土司兵。河東西土兵。又併杜總兵劉
總兵各總兵部下家丁義勇。通計十萬有餘。俱各

出關。分屯遼陽等處。此時軍聲大振。但只是备兵出關衆多。糧草日費不貲。　聖上軫念邊防。發內帑銀共有五十萬。戶部行文加派。併開納事例。多方措置。尚恐不給。所以舉朝多恐師老財之。都要議勦。就是楊經畧也見得徵調來的。都是天下精兵。統領的又是宿將。北關金台吉巳勦奴一寨。願出兵助陣。朝鮮又命議政府右參贊姜弘立統兵一萬從征。合夷夏的全力。以平建州這一隅之地豈非泰山壓卵。況且不早一決使軍餉日糜也是

戰是也措置未盡善

論順嚴正

坐難之道。捱過隆冬。原有一箇大舉討罪的意思。到了正月。兵部道天氣漸和可以出征。請　旨大頒賞格。鼓舞將士。楊經畧也會同李如栢、杜松、劉挺、馬林四箇大將。議論出師。馬林道。王師當出萬全。宜併兵一路。鼓行而前。執取罪人。傾其巢穴。楊經畧道。大軍既出。省鎮空虛。況師多則行緩。脫或奴以精銳直犯要害。或以偏師阻我餉道。皆非所宜。不若分兵數路並進。奴酋兵力有限。自不能支。此時劉總兵每次建功。他只拚一箇輕兵擣虛。不

釋權臣而楊經畧任罪恐亦事之不平

喜議論杜總兵却道兵行須餉師貴在和目今糧餉尚未足師俱烏合心多不協經臺還須熟計楊經畧道正是目今糧餉日費幸有　聖上發帑戶部措置尚可支持若再俄延更有缺乏至于將領不協合兵則本部也恐諸君有不相下之意若分兵諸君可各行其意況　聖旨嚴督內閣書催兵部又馬上差官促戰勢巳不可巳了本部恐罹逗遛之罪李總兵道大家齊心殺賊報國便了楊經畧就與四人計議

杜總兵率宣大山陝兵馬從撫順關出邊攻奴酋西面

馬總兵率眞定保河山東兵馬合北關夷兵從靖安堡出邊攻奴酋北面

李總兵率河東西京軍從鴉鶻關出邊攻奴酋南面

劉總兵率川湖浙福兵馬合朝鮮義兵從[illegible]馬佃出邊攻奴酋東面

各將俱欣然聽命議定二十一日五路[illegible]師[illegible][illegible]

第三回 八

分付部下整備糧草、打點軍火器械、以備趨徵、楊經畧又先差都司竇永澄、前往北關約會金台吉、白羊骨在靖安堡與馬總兵取齊、都司喬一琦前往朝鮮約會麗將姜弘立、金朝瑞、晾馬佃與劉總兵取齊、十一日楊經畧親至大教場誓師、但見

電閃旌旗、霜飛劍戟、錦袍堆綉、綺霞半落晴空。金甲舒光、旭日高明碧漢、春雷動轟轟戰鼓、颩烟迷滾滾征塵、銅肝鉄膽、同懷報國之心、大戟長鎗、齊抱吞胡之氣、正是

旗分赤白青黃色、陣列東西南北人。
　神武直教欺虎豹。鴻功擬欲畫麒麟。
三箇砲進了教場上了演武堂。先是四箇大將相見。以後偏裨各官參謁楊經畧排列烏牛白馬祭了天地。祭了旗與四將歃了血。叫過頭目宣示欽頒賞格。軍政條例。分付將士。叫他逐一遵依。又拿過撫順臨陣逃回指揮白雲龍將來斬了首級傳示三軍。道有犯必誅。有功必賞。分差各同知通判犒賞四將軍士。當日四大將就辭了經畧。次日會

帶原撥官軍各詣汛地。期于二十一日進兵。經畧又在遼陽城外餞別。四路兵馬。聲言二十萬。鎧仗精明。人馬雄壯。箇箇呵

擬喋闕支血。期梟可汗頭。
凱歌報　天子。談笑覓封侯。

但不知此去竟能滅虜否。

黎陽之潰。以九節度則分兵不爲失策。可惜者相隔大遠。聲息不聞。師期先洩。虜得爲備耳。至謂天示敗兆。而不知此亦是腐談。

四路[illegible]師。總會于奴酋老寨。則遠出寬奠。乃是自疲其師。

第三回 十

第四回

牙旗折報杜松亡　五星鬬兆劉擬死
誼重覺身輕。橫戈事遠征。
胡風隨馬迅。漢月傍戈明。
碎首夫何惜。捐軀久自盟。
從教埋馬革。意氣自猶生。

凡行軍的。要知天時。識地利。不知若論天時。自古又道紂以甲子亡。武王以甲子興。李晟破朱泚。偏是熒惑守歲。那可憑得他。熒惑軍心。况是軍法當

第四回　一

行軍能事畢矣

進不進曰逗遛。豈可惑于災祥。自陷罪戾。故此大將以成敗聽氣數。以生死聽天命。以一點忠肝義膽聽自心。見怪不怪。自亂方寸。當日五路出師。第一路是杜總兵。他是以保定總兵王宣爲先鋒。自統中軍爲正兵。總兵趙夢麟爲奇兵。都司劉遇節做掠陣。廿一日出兵。則見大風陡作。把他牙旗吹作兩截。中軍把總王捷稟報。杜總兵道。揚沙折木。

非懼也試問功令軍得自行止乎

亦風之常。不必介意。催趲前軍過了五嶺關。直抵渾河。王捷稟報。乞差人採砍木植。搭造浮橋。杜總

兵親自到水戶看了道水勢甚緩我今正要輕兵
深入掩其不備若搭橋不免耽延時日或至失期
我且先渡與你看自己裸了體策馬竟渡渾河道
岸王趙兩總兵恐他孤軍有失都督促軍士渡河
而來渡到一半忽然探馬報有虜兵杜總兵便不
穿甲冑率兵砍殺自午至酉殺散韃兵早已傷死
了一箇趙總兵折去部下千餘杜總兵急差人隔
河催取後兵策應誰料劉都司見對岸杜總兵與
奴兵殺得狠驚慌了死命不肯渡河杜總兵只得

遼海丹忠錄　第四回　二

收兵屯在一箇土山上。分付中軍王提。叫他領兵三千札在山坡上。定計若賊兵來。你放起一箇號炮。我乘馬而下。將火器衝殺下來。可以獲勝。不可違我節制。只見杜總兵屯在山上。一夜不見炮响。天明一看。奴兵螻蟻似。把土山圍住。看山坡上並沒一箇人影兒。王提已乘着黑夜。虜圍未合。率兵去了。再望渾河。或者有兵過來相救。還可裏外夾功。誰知劉都司見岸上有韃兵。如何敢濟。也自率兵回去。杜總兵見王提已去。劉都司不肯來援。知

杜松敗

令箭盡失
禍殃

是不妙。道二賊誤我。忙在山上。把火器打下。莫想打得開。自巳與王總兵膊馬相捱。要殺出山。幾次冲突不動。兩人身上中了幾箭。奴兵却分番休息。捱至晚。杜總兵部下死亾過半。其餘又巳饑疲。奴兵四面攢殺將來。可憐一箇關西老將。幷這一箇王總兵。都喪在奴兵之手。

種種顛毛氣自雄。 身經百戰奏奇功。
誰知一具封侯骨。 憐甬殘烟白草中。

一時所帶軍火器械。幷杜總兵的兵符印信。令箭

忠錄 第四回 三

令旗都落在奴酋手中。却又乘得勝之兵。來夾攻靖安堡。這枝官兵。這枝是馬將軍。他是麻遊擊岩做先鋒。自與監軍道潘僉事宗顏。領中軍竇都司。因候北關兵在後面。作後應。出了三坌堡。到二道關。忽遇賊兵。麻遊擊便挺鎗策馬。直冲賊鋒。潘監軍也戎裝拔劍。與馬將軍督率將士苦戰。正在勝負未分。早又塵頭大起。一彪有馬韃軍。從腋下橫冲過來。馬將軍忙令竇都司迎敵。竇都司領的是後隊步軍。如何當得韃馬亂踹過來。後軍漸亂。前

軍便也動搖。馬將軍只得與丁碧拚命殺開一條血路。潰出重圍。回頭不見了潘監軍。兩箇又幸內丁殺入找尋。只見一個跟潘監軍的小卒。道先見兵爺中了一箭。跌下馬來。後來亂軍一擁。竟不知存麼了。馬將軍道。他是個文官。中箭落馬。一定不免了。兩個就也不尋。奪路殺回。喜得奴兵因劉總兵連破五寨。恐老寨有失。回兵救應。不來追趕。馬將軍得從容收兵。計點監軍殁了一潘僉事。將軍殁了一個麻岩。竇永澄。部下軍士死傷了一半。只

第四回 四

馬林敗

得退回。路過北關來助。他見馬將軍已自敗回他亦自回本寨去了。這邊劉總兵。自與家丁劉招孫爲先鋒。都司祖天定。浙兵把總周翼明爲二隊。都司喬一琦。督趙麗兵在後。這劉招孫是劉總兵義子。也使大刀累從征討。所向無前。向時劉總兵自南昌起兵援遼。歃血這日。取牛三隻。在敎場親斬牛祭旗。手起刀落。牛頭已斷。而皮稍。連總兵覺有不快之意。招孫跳出。連斬二牛。血不留刀。總兵大悅。是個萬人敵。至此兩人冲鋒。只是出師之日。金

木水火土上星。聚于東井相鬪。人都道是不祥。不
敢進言。劉總兵也曉得。但持着一個必勝爲主也
不介意。出邊三百餘里。一路搜勦。不可勝計。趲行
已是數日。忽見一寨。劉總兵喝交攻打。只見寨中
跳出一個穿蟒衣韃子。持刀直砍劉總兵。劉總兵
也舉大刀相迎。早被劉招孫刺斜里趕來。一刀砍
做兩段。寨中有千餘韃賊。見賊首被殺。盡要逃生。
被劉總兵兵馬擒斬一半。拿過生擒韃子問他道
是卜餘寨。是第一個要害。奴酋差兒子貴英把截

把守。方纔着蟒衣的正是他、劉總兵在寨中突出
一夜。次早進兵。攻打柳木寨。守寨牛鹿巴兒兎。懸
南朝遊擊官一般。殫得前寨巳失。料道不敵。只是
閉門堅守。劉總兵分付各兵都帶乾柴環寨排列、
放起火器。即時燒燬。寨中夷兵焚殺一空。廿九日
攻板橋寨。寨中首將見前寨火起。正來策應。在路
撞了劉總兵。被他父子橫刀殺入。迎着人馬皆傷。
各兵連勝。意氣又自鼓舞。奴兵如何抵敵、忙要逃
回守寨。時南兵一湧隨進。遮擋不住。會跑的也打

三戰差强人意

馬跑去。其餘都被擒斬。三日破三寨。生擒夷賊八
百餘名。斬首三千餘級。奪獲糧米器械牛馬不可
勝計。劉總兵着塘報先行報捷。其各功次另行造
冊類報。在寨將息一日。劉總兵道兵貴神速。不可
遲延。一面催後兵接應。一面自領兵前往。又殺至
古城寨。夷兵聞風逃走的多。守寨的少。不一時也
攻破了。初二日復攻甘孤里寨。此時漸近奴酋老
寨。奴兵漸多。都拚死守寨。攻打半日。不能取勝。劉
總兵惱了。叫取大將軍來。火器官連忙取至向寨

遼海丹忠錄　第四回　六

也是

門點檢果然。已被打開。劉總兵劉相孫兩疋馬兩鞾刃舞得雪花似亂飄。擋着的人馬皆亾。又破一寨。共已五寨。點檢人馬。戰陣上殺亾。并重傷沿路行走不上。存留守寨。軍士三停已去其一。中軍黃處進稟道。官軍出寨。五百餘里。去奴酋老寨不遠勢須合兵進攻。且五寨所得資糧足支旬日。不若暫停日餘。休息軍士。一面爪探別路進兵消息。一面催督後隊人馬。合勢進剿。以圖必勝。劉總兵點了點頭道。我也原沒個專功之意。只要乘軍士銳

氣攻他不備。喜得數日來連捷。獲有糧餉。正不妨
少息軍士。倘有別路兵已到的。可以合力進勦。就
傳令札營。將所得牛羊殺來犒賞將士。差夜不收
爪探各路進兵消息。差紅旗督取後隊步兵。并朝
鮮兵馬。安歇一宵。已是三月初四。只見夜不收領
了一個旗牌官。帶有令箭。道杜爺廿二渡渾河。連
勝韃兵。離此六十里安營。聞知爺已得勝在此。差
小人送令箭來報。杜爺卽刻移兵。與爺相會。商議
合兵進勦。劉總兵叫取令箭進去。比對。果是杜爺

第四回　七

兵令箭。道既杜寅丈已獲功。我兩下犄角殺賊。不怕大功不成。便也差官迎請。早進西一帶都打南軍旗號。向大寨緩緩而來。這些軍士知是杜總兵兵。都立在寨外觀望。道畢竟我劉爺杜爺有本領。殺得到這裡。不期將到寨門。南兵便相殺起來。這時軍士原已不做準備。有些拿得器械要殺時。又怕悮傷了本部人馬。那來軍已湧入營門。劉總兵正輕裘緩帶。打點與杜總兵相見。聽得說。不知仔麼杜爺兵倒殺入營來。劉總兵忙叫中計。急取披

天亾

掛。右膊上已中一箭。披掛得。殺時。砍得幾個。面上
身上又中幾箭。血流被體。早已身亡。
　百戰功名衛霍儔。　笑談時見落矛頭。
　旗翻滇海鯨波息。　劍指崆峒鬼魅愁。
　養士不羞家似罄。　忠君直保國如甌。
　只今風雨邊城上。　戰士啣恩泣未休。
劉招孫見劉總兵已死。料道不能殺賊。一手肩了
屍首。一手持刀斷後。寨後殺出。可憐寨中將士殺
個措手不及。殺死無數。其餘傷刀着箭。往南逃生

忽遇一彪人馬。正是祖天定與周翼明兩個將官率領步兵策應。因是紅旗督催。不免趲行也在嶺敵。見了便札營。與招孫計議行止。寨外早來了七陣敗卒。後面又是數萬得勝胡兵冲來。各將斗拔寨斵殺。川浙兵頗是驍健。終是步、不勝騎、客不勝主、勞不勝逸。被他殺敗。祖周兩將陣亾。招孫孫護尸首。竭力死戰。因是連戰辛苦。雖手斬數十人。亦爲虜殺。并劉總兵尸首不知下落。喬一琦聞得前軍接戰。忙督麗將前來助陣。不料麗兵最弱。又虜

劉提敗

得劉總兵敗歿道劉爺當日平倭極有本事他都不敵我們怎麼對得心先怯了纔對陣時被他鐵騎分作三路圍繞將來都不能支兩員將官都被生擒了喬一琦爲亂軍所殺三路兵馬劉總兵全軍皆沒杜總兵只走得劉遇節王提兩支馬林兵馬留得一半止李如栢帶領賀世賢李懷忠已至清河因是十八日京師占火星逆行二十日京師陡起陰霾狂風大作黃塵蔽天忽發赤光如血射人長安坊樓吹折 傳旨慰勵東征將士整飭邊

防。楊經略又聞渾河敗報。恐奴酋乘虛深入。忙用令箭。撤回保守腹裏。得以幸存。可憐三路精兵。兩員宿將。千餘員偏裨都歿于沙漠。軍資器械喪失幾數百萬。全遼人心都不固。不知再得何等一班人。可以支持這危遼來。

大勢已成瀾倒。　屹然誰砥中流。

是役也。杜勇而疎。劉孤軍深入。倘他路有至者。犄角而進。縛奴獻闕。或亦可必。而竟以無輔敗。眞天亡也。

若慮全遼空虛宜盡挑精銳付劉杜以大其勢

鼓行而前馬林李如栢以偏將張虛聲固疆

宇亦可何必狥四路大舉之名

第五回

作士氣芝岡斬將　死王事台失自焚

塞北征人去不歸。江南思婦減腰圍。

燈搖獨影嗟無主。泣掩孤兒痛苦饑。

淚染寒衾連復斷。夢來淸夜是還非。

愁時怕向花陰立。爲有雙雙蛺蝶飛。

三路師敗。人都罪楊經畧浪戰。不知師屯一日日費斗金。若說守。何須多兵。若是戰。豈可令師老財匱。但四路並進。須以漸。又須聲息相聞。犄角相倚。

了中當日情事

或爲正或爲奇。十軍失策。一軍可以補救。他這敗是看得目中無奴。是箇玩。又學王師討賊。明目張膽、先示師期。是箇迂、遂至舉天下軍資精銳委之于奴。先是塘報入京師。上下震動。朝議以熊廷弼前巡按遼東。預先奏有奴禍。又有威望。陞他大理寺寺丞。前往宣慰軍民。又着李如栢兄弟。都督李如楨代回李如栢、遼東鎮守。 賜勑朝鮮。褒恤。仍令他屯兵鴨綠江口。做寬奠鎮江聲勢。 賜勑北關連屯開原。使他不敢犯。開鐵此時李如楨雖承

卽此有死道

僉且索餉求頒賞格又要議與經畧總督撫禮未

就出關熊廷弼又一時未到五月奴酋領兵寇撫

順六月領兵數萬從静安堡直搗開原總兵馬林

因聞西虜宰賽入寇慶雲堡正領兵防守不料奴

兵已自直抵城下急急領兵奴酋解圍城兵馬大

戰終是南兵累敗之後心膽先怯馬總兵要着人

知會城中裡外夾攻又不能通砍扑兩三箇時辰

馬總兵進退不得戰死城下奴兵乘勝駕雲梯附

城守城人一見奴兵上城便巳逃走被他大開城

守勢如此

第五回　二

門放進兵馬將城中資蓄盡行擄掠婦女恣意姦
淫在城中快活了幾日就把城中牛馬車輛裝載
回去遼陽城中見前日張總兵追去失事也不題
箇追附近將官兵少越發不敢來只有北關發兵
二千來救時開原早已陷了開原既陷一帶沿江
城堡威遠靖安松山柴河撫安三岔白家冲會安
堡馬根单東州堡散羊峪酒馬吉一堵墻鹽場孤
山靉陽大奠長奠新奠永奠都逃入遼陽瀋陽鵝
犬皆空 朝廷聞報知得遼情緊急又超擢熊廷

人部得如此急麼

弼做經畧代楊經畧　賜他尚方劍。　聖旨將帥不用命的許先斬後奏初七辭朝。便飛馬來至山海關各處徵的兵到不過二千都是老弱熊經畧只選得八百多人便急急出關奴酋又從三坌堡來攻鉄嶺城中百姓已先將家小搬入遼陽瀋陽止得萬餘男子鎮守遊擊王文鼎部兵三千援遼遊擊史鳳鳴等部兵四千各各乘城拒守自寅至巳。不料城中伏有奸細先是草場中一把火次後遊擊公署又火起軍民知有內應一齊逬生遊擊

第五回　三

但下經緯

王文鼎便率領殘兵奪門逃入瀋陽史鳳鳴等皆爲所殺熊經略聞鉄嶺失陷報又有楊經略移文道遼陽城中李永芳修養性親屬衆多謀翻城爲變熊經略急赴海州教場與楊經略交代次日進鎮城見沿路逃亾百姓差旗牌執旗招諭畔他復業一進城拿了箇倡率官民搬運家眷的李知州一應出城家眷俱令撤回初四日巡城見川兵在城上搭篷任守道是示弱分付俱于城外扎營又下教場閱視軍馬出私財犒賞優禮副總兵賀世

月是急者

賫以示賞功初七日請監軍陳御史贊畫劉主事
監軍單副使守巡閻參政韓僉事一齊至院隨即
拿了向來逃將一箇是劉遇節一箇是王捷一箇
是王文鼎刀斧手俱押過來熊經畧道軍法不嚴
所以人怕韃子殺不怕王法殺若使軍令行戰還
不死逃畢竟死自然死戰了我想當日在撫順隨
張承胤不戰而逃隨杜松又逃的不是劉遇節麼
衆官應聲道是熊經畧道這該仔麼衆官道該斬
又道臨陣背主先逃致杜松呼恨切齒的不是王

第五回　四

正所謂賞罰明

了[illegible]
撻麼。眾官應一聲是。熊經畧道。這該仔麼。眾官道
該斬。熊經畧道。鐵嶺城陷。棄城逃生的。不是王文
鼎麼。眾官道是。熊經畧道。這該怎麼。單副使道。文
鼎到任一日。情似可矜。熊經畧道。主將應與城同
死。今鐵嶺既失。協守將皆死。他豈可獨生。就叫拿
出去斬首。一會的砍了。獻了頭。以罰罪。隨分付城
外設立六箇壇。一壇是劉杜總兵。一壇是潘監軍。
一壇是偏將。一壇是文臣。一壇陣亡軍丁。一壇被
殺百姓。親行祭奠。將三將頭遍獻。仍大哭。帶各人

欽[illegible]

之死。北關來賀。就差通官萬里侯去。厚行賞賚。叫
他協力同復開原。因軍士缺馬。買馬。馬要料。差人
買料。缺器械。招集工匠開造。沿邊墩臺拆毀的。盡
行補葺。撥夜逃亾的。盡行召補。把軍士有甲有馬
的。配與李總兵。賀總兵。着他防守瀋陽虎皮驛一
帶地方。其餘衣甲器械不齊的。着柴國柱管領。暫
行城守。又因李總兵。賊陷開原。奸淫酗酒。不能邀
其惰歸。截其綑載。賊陷鐵嶺。奴酋與西虜奪金帛
子女相殺。不能乘機斬擊。又妄報西虜合營三萬

第五回 五

致驚遼民。疏劾。另換了李懷信。又復請器械糧餉。取討將材兵馬。把一箇遼東漸漸振作起來。北關早又來報道。奴酋要乘經畧新任。事務未備。傾巢大舉。入寇遼瀋。因恐先降朝鮮將士乘虛爲變。盡行殺死。通知防備。經畧回文北關。叫他赤心報國。以圖犄角。自己復行挑選援兵。整備器械。上本奏討保請麻陽永寧酉陽永順石柱各處土兵。奏請釋放緣事總兵麻承恩。劉孔胤。叅將張名世。都司張神武。莊安世。遊擊周敦吉。前赴遼陽。以備戰守。

不料奴酋盧聲入犯。哄我兵馬不敢輕離。他却會
圖北關。先差奸細混入北關寨中。他自率精銳韃
賊五萬。直抵金台失寨。金台失見奴酋勢大。堅守
寨柵。將中國給與火器向寨外施放。也打死奴兵
衆多。爭奈奴衆勇猛。攀緣寨柵而入。所差奸細又
自內殺出。不過半日。營寨早巳攻破。金台失力戰
不支。爲奴兵所殺。其子得力革竟被奴擄去。白羊
骨聞得奴酋來攻。也作準備。將強弓勁弩。布的密
外又加火器。只待奴兵一至施放。誰知奴兵總若

北關死事

纔方合圍，白羊骨寨中已是火起，喊聲大作。白羊骨知事不好，恐被奴酋擄去，遭他凌辱，竟將身跳入火中，自焚而死。其弟卜兒漢為奴酋擒捉。可憐兩箇忠順韃子，竟為奴酋所害。

三韓久矣壯藩籬，忠順尤為世所知。
一旦丹心隨焰滅，邊關何勝齒寒悲。

此時又[illegible]箇奸細撫順秀才賈朝輔，帶一箇[illegible]三歲兒子、八九箇家丁，詐言報効，吐奴酋虛實，說目下先攻北關，回兵到遼[illegible]，方圖[illegible]經略用

斬奸細。

他就在遼陽爲奴酋内應。熊經畧因想奴酋瞎襲
北關。仔麼他能得知。畢竟奴酋用事的人。瞎將他
兒子一審。果是李永芳與奴酋商議。着他來的。馬
匠家丁還是李永芳的。熊經畧竟將來砍了。欣將
賈朝輔。還道再遲半月。我大事濟了。可恨可恨。熊
經畧既斬賈朝輔。傳令李如楨。李光榮。賀世賢。三
箇總兵。各帶本部人馬。揚兵撫順。聲言搗巢。使奴
酋分兵回顧巢穴。不得盡力攻北關。也是救他一
策。三箇總兵得了令。也各各整搠兵馬器械。前至

好兵

撫順，叔酋知得，果然先發數千來抵敵。恰好在撫順關外遇着。此時賀總兵名下兵還曾經戰陣，自己家丁都是降夷，也有本事，故此見賊到，奮勇相殺。這兩箇總兵，他部下聽得韃兵到，都札在林子裡，再催不上前來。喜得韃兵見林子內有旗有塵，道是有伏，不敢殺入。賀總兵因是孤軍，恐難當抵，也不深進，兩下各自退回，竟也濟不得北關之事。

窮邊屬虜望旌旗，塞上貔貅怯鼓聲。
飽食不堪攖一戰，諸軍何以答君知。

當日沿邊屬夷。南北兩關。是王台子孫。最忠順。有心爲國的今日爲他所破。還有箇宰賽雖無心爲國。卻特强與他相抗。開原失時。他領兵來要奪奴酋擄掠的金帛子女。大相攻殺。宰賽蠢。奴酋狡。被奴酋刧寨。拿去。把他名下有謀勇的將官殺死。獨留宰賽作當。放在地窖裡。邊使人與宰賽娘子說。若助兵同攻天朝。方纔還他。更有西虜炒花一支。他又着人與他連和。從此河東一帶再沒一箇爲他後患的。他越得領兵深入。恣意侵擾了。但說他

回兵攻遼陽。熊經略雖是赤心爲國。只是身邊沒了爲我的屬夷。裡邊又是那些怕韃子不怕朝廷的一班將官一班兵士。如何振肅得來。如何保得遼陽。還得瀋復開鐵張本。

楊經略整理于遼禍方始之時。熊經略經理于遼事極壞之際。而楊竟敗衂。熊猶固遼年餘。雖有小衂。未至大敗。久任未必無成。即其信賞必罰。實心任事。亦可云不愧乃職。卒令罷去。殊有遺恨。

中國有叛將逆官。而金台失。白羊骨。能死。是中國不如夷也。

丹忠錄　第五回　九

영인자료

遼海丹忠錄 卷一

『古本小說集成』72, 上海古籍出版社, 1990.

여기서부터 영인본을 인쇄한 부분입니다. 이 부분부터 보시기 바랍니다.

역주자 **신해진(申海鎭)**

경북 의성 출생
고려대학교 국어국문학과 및 동대학원 석·박사과정 졸업(문학박사)
현재 전남대학교 인문대학 국어국문학과 교수
BK21플러스 지역어 기반 문화가치 창출 인재양성 사업단장

저역서 『무요부초건주이추왕고소략』(역락, 2018)
『건주기정도기』(보고사, 2017)
『심양왕환일기』(보고사, 2014)
『심양사행일기』(보고사, 2013)
이외 다수의 저역서와 논문

요해단충록 1 遼海丹忠錄 卷一

2019년 1월 10일 초판 1쇄 펴냄

지은이 육인룡
역주자 신해진
펴낸이 김흥국
펴낸곳 도서출판 보고사

책임편집 이경민
표지디자인 손정자

등록 1990년 12월 13일 제6-0429호
주소 경기도 파주시 회동길 337-15 보고사 2층
전화 031-955-9797(대표)
02-922-5120~1(편집), 02-922-2246(영업)
팩스 02-922-6990
메일 kanapub3@naver.com/bogosabooks@naver.com
http://www.bogosabooks.co.kr

ISBN 979-11-5516-862-2 94810
979-11-5516-861-5 (set)

정가 22,000원